中国文化·古典诗词品鉴

飞花令·兰

素心落雪 编著

中国文史出版社

图书在版编目（CIP）数据

飞花令.兰/素心落雪编著.—北京：中国文史出版社，2018.6

ISBN 978-7-5205-0272-6

Ⅰ.①飞… Ⅱ.①素… Ⅲ.①古典诗歌—诗集—中国 Ⅳ.①I222

中国版本图书馆CIP数据核字（2018）第104477号

责任编辑：张春霞

出版发行：**中国文史出版社**

社　　址：北京市海淀区西八里庄69号　邮编：100142

电　　话：010-81136606　81136602　81136603（发行部）

传　　真：010-81136655

印　　装：北京新华印刷有限公司

经　　销：全国新华书店

开　　本：787mm×1092mm　1/32

印　　张：7　　字数：163千字

版　　次：2018年10月第1版

印　　次：2020年5月第2次印刷

定　　价：29.80元

解读飞花令

飞花令，原是饮酒助兴的游戏之一，输者罚酒。源自古人的诗词之趣，得名于唐代诗人韩翃《寒食》中的名句“春城无处不飞花”。古代的飞花令要求，对令人所对出的诗句要和行令人吟出的诗句格律一致，而且规定好的字出现的位置同样有着严格的要求。

而现行“飞花令”的游戏规则相对宽松得多，只要围绕关键字背诵出相应的诗句即可。即使这样，“飞花令”仍是真正高手之间的对抗，因为这不仅考察对令者的诗词储备，更是临场反应和心理素质的较量。

目录

佚 名

伤彼蕙兰花，含英扬光辉

冉冉孤生竹

汉·佚名

冉冉孤生竹，结根泰山阿。
与君为新婚，菟丝附女萝。
菟丝生有时，夫妇会有宜。
千里远结婚，悠悠隔山陂。
思君令人老，轩车来何迟！
伤彼蕙兰花，含英扬光辉。
过时而不采，将随秋草萎。
君亮执高节，贱妾亦何为！

注释

冉冉：柔弱的样子。

孤：独。

泰山：即“太山”，犹言“大山”“高山”。

阿：山坳。

为新婚：刚出嫁婚娶。

菟丝：一种旋花科的蔓生植物，女子自比。

女萝：一种缘松而生的蔓生植物，以比男子。

生有时：草木有繁盛即有枯萎，以喻人生有少壮即有衰老。

宜：犹言适当的时间。

悠悠：遥远貌。

山陂：泛指山和水。这两句是说，路途遥远，结婚不易。

轩车：有篷的车。这里指迎娶的车。

蕙兰花：女子自比。蕙、兰是两种同类香草。

含英扬光辉：指花朵含苞待放。

萎：枯萎，凋谢。

亮：同“谅”，料想。

执高节：即守节情不移的意思。

贱妾：女子自称。

简析

本诗选自《古诗十九首》，这些诗是在汉代民歌基础上发展起来的五言诗，内容多写离愁别恨和彷徨失意，思想消极，情调低沉，但艺术成就很高，长于抒情，善用事物来烘托，寓情于景，情景交融。

“冉冉孤生竹，结根泰山阿”，意指柔弱的孤竹生长在荒僻的山坳里，借喻女子的孤独无依。“与君为新婚，菟丝附女萝”一句，菟丝和女萝是两种蔓生植物，其茎蔓互相牵缠，比喻两个生命的结合。说的是男女两人已经订了婚，但还没有迎娶。

“菟丝生有时，夫妇会有宜”，还是以菟丝自喻，既然菟丝之生有一定的时间，那么夫妇之会亦当及时，不要错过了自己的青春时光。

“千里远结婚，悠悠隔山陂”，指出男方所在甚远，他们的结婚或非易事。这女子曾企盼着，不知他的车子什么时候才能到来。因此，就有了后一句“思君令人老，轩车来何迟”，意指路远婚迟，让她容颜憔悴。

“伤彼蕙兰花，含英扬光辉。过时而不采，将随秋草萎”，这四句用比的手法，女子以蕙和兰两种香草自喻，把现时的自己比作为娇艳的含苞待放的花朵，如果不及时采摘就会错过时候，娇艳美丽的蕙兰花就将像秋草一样枯黄凋萎。意思是，希望男方趁早来迎娶，不要错过了时光。

“君亮执高节，贱妾亦何为”，表达的是这女子的疑虑已抒写毕尽，最后遂改为自我安慰：君想必守志不渝，我又何苦自怨自艾呢?

这首诗歌的艺术特点，主要表现在以下几方面：首先，运用比喻，形象生动；其次，心理描写，情感丰富；再次，层次清楚，结构严谨；最后，结尾反问，增强效果。

背景

《古诗十九首·冉冉孤生竹》诗或云是婚后夫有远行，妻子怨别之作。然细玩诗意，恐不然。或许是写一对男女已有成约而尚未成婚，男方迟迟不来迎娶，女方遂有种种疑虑哀伤，作出这首感情细腻曲折之诗。此诗也表现了主人公对于感情含蓄的表达，可以看出古代女子的婚姻观和爱情观。

名家点评

袁行霈:《行行重行行》和《冉冉孤生竹》皆为女词，其中都有“思君令人老”之语，前者是思妇的叹息，后者是待嫁女子的怨艾。(《中国文学史》第一卷)

李锦文：本篇写女子新婚后与丈夫久别的愁怨。前半追忆婚前及新婚时的景况，后半写思念亲人的情怀。(《古诗十九首评析》)

兰若生春阳，涉冬犹盛滋

兰若生春阳

汉·佚名

兰若生春阳，涉冬犹盛滋。
愿言追昔爱，情款感四时。
美人在云端，天路隔无期。
夜光照玄阴，长叹恋所思。
谁谓我无忧，积念发狂痴。

注释

兰若：都是香草名。古人说的“兰”，属菊科，和今之兰花不同。“若”，乃杜若的省称，属跖草科。

涉：经历。

愿言：犹“愿然”，沉思貌。

情款：情意诚挚融洽。

美人：犹言君子，指所思的人。

在云端：言可望而不可即。下句“天路”意同。

夜光：指月。

玄阴：幽暗。

简析

《兰若生春阳》是汉朝一无名氏做的民歌，载于《玉台新咏》，是一首怀念情人的诗，运用比喻、夸张、对比等修辞手法，用细节、心理描绘的方法，将思念情人如痴如狂的心态描写得淋漓尽致。

“兰若生春阳，涉冬犹盛滋”一句，意指兰虽生于阳春温暖的时季，经历寒冬仍然滋盛，意指尽管受到风霜摧残，但不改柯易叶，比喻自己虽然历经辛苦但依然没有忘记旧爱。“愿言追昔爱，情款感四时”一句，意指沉思间追忆往昔恩爱，诚挚的情感与一年四季相伴，令人难以忘怀。前四句描述作者历苦难而情依旧。

“美人在云端，天路隔无期”一句，意指所爱的人在外远游如在云端，可望而不可即。这登天之路难寻，相隔异地，相聚也就遥遥无期了。“夜光照玄阴，长叹恋所思”一句，意指每当月光照至幽暗处的时分，更加怀念所思之人，无可奈何之际唯有长声叹息了。最后一句“谁谓我无忧，积念发狂痴”，作者将其心中的愤慨寄托于诗中，道出了内心的苦衷。

张 华

张华（232—300），字茂先，魏晋范阳方城（今河北固安）人。西晋时期政治家、文学家、藏书家。工于诗赋，词藻华丽。编纂有中国第一部博物学著作《博物志》。雅爱书籍，精通目录学，曾与荀勖等人依照刘向《别录》整理典籍。《宣和书谱》载有其草书《得书帖》及行书《闻时帖》。

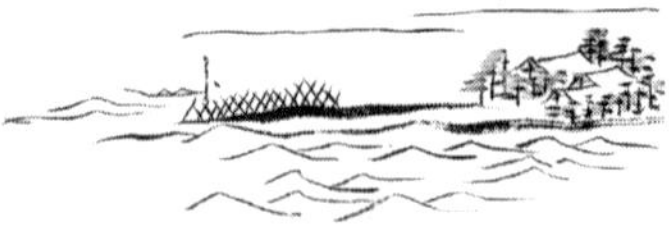

佳人处遐远，兰室无容光

情诗五首（其三）

晋·张华

清风动帷帘，晨月照幽房。
佳人处遐远，兰室无容光。
襟怀拥虚景，轻衾覆空床。
居欢惜夜促，在戚怨宵长。
拊枕独啸叹，感慨心内伤。

注释

兰室：芳香四溢的闺房。

虚景：指月影。

戚：忧愁，悲哀。

拊：抚摩。

简析

本诗以情景交融的手法，抒发了闺中思妇的情感，深情绵邈，动人心弦。

诗的开头两句措语天然而耐人寻味，诗人精心选择了“清风”“晨月”这一特定的意象，临风怀想，对月兴思，从而巧妙地暗示了闺中少妇的怀人之情。这月朗风清、帘动室静的氛围，见境不见人，而人物俨在，情思自浓。三、四句，在一、二句写景的基础之上，交代思念之情的缘起。原来少妇的夫君此刻正在远方，闺阁中已失去了他的音容笑貌。五、六句又转而写景，从景物的描写上衬出主人公的孤单寂寞。接下二句，女主人公今昔对比，从对夜的长短的体会来表白对远方“佳人”的情深意长。末二句以白描手法通过“拊枕”和“啸叹”两个动作，渲染了思妇内心不尽的哀伤。诗的最大特点是以景语写情语，以景托情，通过对所见景物的描写，把一位闺中思妇的思念之苦、思念之切表现得淋漓尽致。

名家点评

〔清〕爱新觉罗·玄烨：国家用人当以德器为本，才艺为末。凡才长者虽能济事，亦多败检。若德器淳朴，必不至荡轶准绳之外。朕临御日久，阅历人情，所见甚确。如张华在晋以才学知名，后乃蔑弃典礼，以附贼后，所学又安在耶?

兰蕙缘清渠，繁华荫绿渚

情诗（其五）

晋·张华

游目四野外，逍遥独延伫。
兰蕙缘清渠，繁华荫绿渚。
佳人不在兹，取此欲谁与？
巢居知风寒，穴处识阴雨。
不曾远别离，安知慕俦侣？

注释

情诗：本题共五首，是夫妇赠答之词。

游目：随意浏览。

延伫：久立。

缘清渠：沿着清渠生长。

渚：水中的小块陆地。

佳人：妻子。

取此：采摘兰蕙。

穴处：指虫蚁。

简析

这首诗表达的是游子对妻子的思念之情。

前两句“游目四野外，逍遥独延伫”，写游子在野外观览，“游目”“逍遥”，表面显得似乎很悠闲、自在，实则隐含着潜意识的一种孤独寻觅之感。孤零零地长久地站在空阔的四野，漫无目的地四处遐望，一副迷茫之情，蕴含着无奈的愁情。

三、四句“兰蕙缘清渠，繁华荫绿渚”，描写诗人在张望中看到：芬芳的兰蕙沿着清清的水渠，美丽的花朵覆盖着碧绿的沙洲，景色多么美好！眼前的景物，使诗人想起过往岁月中，与妻子共赏春景，采兰蕙送妻子的情景，引发了诗人对妻子的思念之情。

五、六句“佳人不在兹，取此欲谁与？”表达的是佳人不在这里，纵然是良辰美景，又与谁共赏呢？这芬芳高洁的兰草蕙花，又有谁可以佩戴呢？这里“取此欲谁与”的“此”是指兰蕙，说采了兰蕙送给谁。在古代以香花美草相赠，常是亲爱者表达情谊的一种极富象征意味的方式，这是诗人面对特定的景物引起的特定的情绪反应。

七、八句“巢居知风寒，穴处识阴雨”，说的是巢居在树上的鸟最清楚风寒之冷，住在洞穴中的虫子也最易感受阴雨之苦。“巢居知风”“穴处知雨”是俗语，意思是只有身临其境，切身体验才能够知道其中的滋味。

最后两句“不曾远别离，安知慕俦侣”，说的是不曾经历远别离的人，如何能够知道这思念爱人的痛苦呢？这四句以物比心，由物及心，哲理而诚挚地道出了他心中的烦闷，这也是所有“离人”的共同感受。此句写得情真意切，十分感人。

名家点评

〔晋〕冯紞：陛下谋谟之臣，著大功于天下，海内莫不闻知，据方镇总戎马之任者，皆在陛下圣虑矣。

〔晋〕韦忠：张茂先华而不实，裴逸民（裴頠）欲而无厌，弃典礼而附贼后，此岂大丈夫之所为哉！

陶渊明

陶渊明（365—427），一名潜，字元亮，世称“靖节先生”。浔阳柴桑（今江西省九江市）人，出身仕宦家庭，曾做过江州祭酒、镇军参军、建威参军、彭泽县令等小官。由于厌倦官场，41岁弃官归乡，过起躬耕隐居的田园生活。陶渊明诗文辞赋风格淡雅、感情真挚、语言质朴自然，是田园诗派的创始人。有《陶渊明集》存世。

幽兰生前庭，含薰待清风

饮酒·幽兰生前庭

东晋·陶渊明

幽兰生前庭，含薰待清风。
清风脱然至，见别萧艾中。
行行失故路，任道或能通。
觉悟当念还，鸟尽废良弓。

注释

薰：泛指花草的香气。

脱然：轻快的样子。

萧艾：指杂草。屈原《离骚》："何昔日之芳草兮，今直为此萧艾也。"

行行：走着不停。

失：迷失。

故路：旧路，指隐居守节。"失故路"指出仕。

任道：顺应自然之道。

鸟尽废良弓：出自《史记·越王勾践世家》："蜚（飞）鸟尽，良弓藏。"比喻统治者于功成后废弃或杀害给他出过力的人。

简析

此诗上阕描写的是诗人清闲优雅的清净生活：幽僻之地的兰花在院子里生长，散发着浓郁的芳香，静静地等待清风的到来。风轻轻地吹来，兰花散发出阵阵芳香，立刻就从萧艾等杂草中分辨出来。

此诗下阕描写的是诗人的感悟：不停地向前走，就失去旧路，顺应自然之道，前面的道路或许才能够走得通。突然醒悟到，也许此时弃官不做是很正确的，省得到时飞鸟没有了，弓箭也失去了用武之地，想享受这种生活也不可能了。那时的自己，也许会被当作良弓一样被冷落起来。

背景

这首诗作于陶渊明看破东晋黑暗、辞官隐退之时。陶渊明住在偏僻的山村，没有世俗的打扰，经常醉酒之后作诗，胡乱扯出一张纸，书写感慨，等到第二天清醒后，再修改润色。写好的诗稿越积越厚，让老朋友帮忙整理抄录。一共得到20首诗，陶渊明把这一组诗题为《饮酒二十首》。此诗表现了陶渊明高洁傲岸的道德情操和安贫乐道的生活情趣。

名家点评

〔清〕王夫之：真理真诗，说理诗必如此，乃不愧作者。(《古诗评选》)

杨 素

杨素（544—606），字处道，弘农华阴（今属陕西）人。初仕北周，后从隋文帝灭陈，以功加上柱国，封越国公，又任尚书左仆射，参与朝政，废黜太子杨勇，拥立隋炀帝。原有集10卷，已散佚。

兰庭动幽气，竹室生虚白

山斋独坐赠薛内史

隋·杨素

居山四望阻，风云竟朝夕。
深溪横古树，空岩卧幽石。
日出远岫明，鸟散空林寂。
兰庭动幽气，竹室生虚白。
落花入户飞，细草当阶积。
桂酒徒盈樽，故人不在席。
日暮山之幽，临风望羽客。

注释

幽石：墓石。诗中指大而光滑的石头，古人常用其做墓碑。

远岫：远山。

动幽气：幽香暗浮。

虚白：空明虚无，语本《庄子·人间世》：“瞻彼阕者，虚室生白。”

徒：白白的，徒然的。

盈：满、溢。

樽：盛酒的器具，现指酒杯。

羽客：飞升的仙人。此处指薛道衡。

简析

本诗描绘了一幅寂寞空灵、云淡风轻的臆想图景，表达了诗人孤独惆怅与对故人的牵挂思念之情。

“居山四望阻，风云竟朝夕。”置身崇山峻岭，险象环生，日出日落，云雨流离。诗人开笔便将己身置于一个空灵飘远的意境之中，令人神魂俱出。“深溪横古树，空岩卧幽石。”此句运用了对偶的写作手法，涧溪湍湍而流，绿林错综盘踞，巨石累累。诗人刻画了幽静清远的环境，为后文的愁绪造势。“日出远岫明，鸟散空林寂。”天际破晓，山洞渐晰，这没有鸟语的偌大空林一片死寂。此句诗人以反衬的手笔，将日出天山明、鸟叫虫鸣的生机之景转为寂寞阴森的旷林之景，立于旷野空林中的诗人仓皇无措，淡淡的愁丝呼之欲出，一“空”一“寂”深入人心，寂地的寒凉与作者的落寞缓缓袭来。

回望现实，“幽气”“虚白”“落花”“细草”等意象均描写出了兰亭竹室的幽静清冷、了无生趣。这四句对居室的刻画，看似写景，但作者的“愁”与“思”已然浅浅溢出，置身百无聊赖的闲庭之中，诗人的寂寞惆怅触手可及。这陡生的愁绪只因至交不在，无人对酌。斟满一杯香气四溢的桂花酒，诗人独对虚座，浅尝辄止，此份思而不得的期待更形伤感。“日暮山之幽，临风望羽客。”太阳沉入山谷，作者似在这寒夜中临风遥望，等待知己复来。“日暮”与“日出”遥相呼应，机心巧运，诗人的落寞思念又在这日升日落之中独自消受了一天，朝夕风云的常态，也暗寓了作者的愁肠朝朝暮暮、岁岁年年。

本诗哀而不伤，感情流露自然。语言质朴无华、了无粉饰，看似信笔拈来，实则颇具机心。落笔至远山空林的境外之景，再至兰庭竹室的现实之景，后至盈樽美酒的眼前之景，由虚化实，由远及近，由朦胧而至清晰，个中愁思，缓缓流淌。最后忽而转至日暮远山的境外之景，诗人的衷肠无人相诉，只能将愁情思绪放任飘飘欲仙的空野，随风弥散。

背景

此诗作于隋朝初年。杨素是隋代军事统帅，他的诗有一种朴质劲健的气质，已经开唐代风骨、声律兼备诗风之先声。《山斋独坐赠薛内史诗二首》便是体现他诗风的代表作。薛道衡在隋初曾任内史舍人，与杨素经常诗歌唱酬。《薛道衡集》中有《敬酬杨仆射山斋独坐诗》，即酬杨素此篇。

李世民

李世民（约599—649），即唐太宗，陇西成纪（今属甘肃）人，祖籍赵郡隆庆（今河北隆尧）。他开创了著名的“贞观之治”，为后来全盛的“开元盛世”奠定了重要的基础，将中国传统农业社会推向鼎盛时期。

兰气已熏宫，新蕊半妆丛

赋得花庭雾

唐 · 李世民

兰气已熏宫，新蕊半妆丛。
色含轻重雾，香引去来风。
拂树浓舒碧，萦花薄蔽红。
还当杂行雨，仿佛隐遥空。

注释

熏：飘散，弥漫。
半妆：薄饰。
萦：缭绕。
杂：混合，夹杂。

简析

本诗是唐朝君王李世民所作，通过对雾中兰园的描绘，透出了一种欣欣向荣的景象，从诗中可以看出唐朝的盛世基业。

"兰气已熏宫，新蕊半妆丛"一句，写出兰花的香气飘散在宫中，新绽放的花蕊为树丛作了薄薄的点缀。"色含轻重雾，香引去来风"一句，用了"含"和"引"两个动词，指出兰花美丽的样子被云雾笼罩着，淡淡的清香随着风飘荡。雾里赏兰，梦幻美景。诗意境优美，用词绮丽，神韵天成，充分展示了作者的才气。

"拂树浓舒碧，萦花薄蔽红"，描绘的是雾中拂树枝舒展开，呈现出一片浓郁茂盛的景象，花朵鲜艳的颜色上萦绕了一层薄薄的雾气。"还当杂行雨，仿佛隐遥空"一句，写出当时的景象，像是雾里夹杂着零星的小雨，又仿佛所有的花都隐藏在远空。

春晖开紫苑，淑景媚兰场

芳兰

唐·李世民

春晖开紫苑，淑景媚兰场。
映庭含浅色，凝露泫浮光。
日丽参差影，风传轻重香。
会须君子折，佩里作芬芳。

注释

紫苑：帝王园圃。

淑景：美景。淑：美好。

兰场：犹兰圃。

泫：水珠下滴。

会须：该当。

佩里：佩带于身。

简析

全诗体裁形式为五言律诗。首先描绘了在和煦阳光下的皇家兰圃的场景，接着从色、光、影、香四个方面，极为传神地描写了兰花的高雅之美。在春阳柔和的光下，加上翠草的映衬，让兰室呈现出一种怡人的淡淡色调。兰叶上挂着下垂的露珠，闪烁着晶莹的亮光。阳光让飘逸潇洒、参差错落的兰草显得更加美丽，春风一阵阵地吹来，风里伴着花香。最后，作者将兰花品位与人格联系起来，让人格高尚的人来采折，佩带在身上，散发芳香，赋予了“兰当为王者香”之意。本诗诗意开阔，借兰抒情，咏兰寄志，颇具大唐气象。

醽醁胜兰生，翠涛过玉薤

赐魏徵诗

唐·李世民

醽醁胜兰生，翠涛过玉薤。
千日醉不醒，十年味不败。

注释

醽醁：古代的一种美酒，是很罕见的绿酒。

兰生：兰生酒，也称“百末旨酒”，意为“百花所酿之酒”。

翠涛：酒名。

玉薤：隋炀帝时宫中的名酒。

千日醉：喝了能醉一千天的酒，比喻好酒。

简析

诗的前两句，写出魏徵所造之酒的不同寻常，胜过有名的兰生酒和隋炀帝时宫中的名酒。以往的米酒，酒精含量并不高，通常都是现酿现饮，不容易长久贮存。诗的后两句道出魏徵所酿之酒，酒精含量高，容易醉人，其能够长期贮存。

此处“千日醉不醒”源自一则典故：相传，古代中山人狄希能够酿造一种“千日醉”酒，正在酿的过程中被刘玄石喝了一小口。刘玄石回到家里就一醉不醒，家人以为他死了，就把他埋葬了。三年后，狄希去刘家看刘玄石酒醒了没有，一起开棺验看，刘玄石刚刚酒醒。

本诗也是以酒喻人。

背景

魏徵是唐朝的政治家，以直谏敢言著称，是中国历史上最负盛名的谏臣。同时，他也是造酒的高手，他所造的酒中，以醽醁、翠涛最为珍奇，将这两种酒置于罐中贮藏，十年也不会腐坏。唐太宗很欣赏魏徵的酒，故题了这首诗赐予魏徵。

纫佩兰凋径，舒圭叶翦桐

过旧宅二首（其二）

唐·李世民

金舆巡白水，玉辇驻新丰。
纽落藤披架，花残菊破丛。
叶铺荒草蔓，流竭半池空。
纫佩兰凋径，舒圭叶翦桐。
昔地一蕃内，今宅九围中。
架海波澄镜，韬戈器反农。
八表文同轨，无劳歌大风。

注释

金舆：君子、贵人所乘之车，这里代指皇帝车辇。

玉辇：天子所乘之车，以玉为饰，又称玉辂。

剪桐：周成王与叔虞戏，剪桐叶为圭以与叔虞，曰："以此封若。"

一蕃：《诗·大雅·崧高》有"四国于蕃，四方于宣"，代指未登皇位之前的自己。

澄镜：四海升平。

八表：指极远地方，这里代指天下。

简析

"金舆巡白水，玉辇驻新丰"，是实景的描写，交代了诗人的身份。金舆、玉辇都是帝王身份的象征，白水和新丰也是这种身份、出身的借代写法。

“纽落藤披架，花残菊破丛”，说的是瓜成熟藤落，百花开后菊花还在独放，表达了诗人对经过重重磨难登上帝位的感慨，一切都是水到渠成。

“叶铺荒草蔓，流竭半池空”，同样是写实景，诗人来到自己的故园应当是在秋季，但并没有写出半点悲秋之意，想必是心情使然。

“纫佩兰凋径，舒圭叶翦桐”，通过以眼前物用典喻己。后一句“昔地一蕃内，今宅九围中”同样是古今追忆，过去是一蕃之地的我，如今是贵为天子，富有四海。

“架海波澄镜，韬戈器反农”，是对自己的功绩描述，四海澄静，化剑为犁。这天下太平全靠的是自己征战四方，结束天下纷争。“八表文同轨，无劳歌大风”同样是赞扬自己的功绩，天下同文同轨，不用像刘邦一样唱赞歌。结尾两句，充分表现了李世民作为一代雄主的宏伟气魄。

背景

李世民于隋开皇十八年冬（599年初）出生于“武功别馆”，十八岁随父李渊起兵太原，南征北战，结束了群雄割据的局面，统一全国，建立唐王朝。李世民即位后，于贞观六年（632）三十五岁时重临武功旧宅，回顾往事，历历在目，抚今追昔，感慨颇深，创作了这组诗。

名家点评

〔宋〕司马光：太宗文武之才，高出前古。盖三代以还，中国之盛未之有也。

〔宋〕欧阳修：盛哉，太宗之烈也！其除隋之乱，比迹汤、武；致治之美，庶几成、康。

卢照邻

卢照邻（约636—约680），字升之，自号幽忧子，汉族，幽州范阳（今河北省涿州）人，初唐诗人。出身望族，曾为王府典签，又出任益州新都（今四川成都附近）尉，在文学上，他与王勃、杨炯、骆宾王以文词齐名，世称“王杨卢骆”，号为“初唐四杰”。有7卷本的《卢升之集》、明张燮辑注的《幽忧子集》存世。

锦里开芳宴，兰缸艳早年

十五夜观灯

唐·卢照邻

锦里开芳宴，兰缸艳早年。
缛彩遥分地，繁光远缀天。
接汉疑星落，依楼似月悬。
别有千金笑，来映九枝前。

注释

锦里：即今成都，旧称锦官城。

兰缸：指燃兰膏的灯。

早年：指年轻人。

缛彩：绚丽繁华的色彩。

接汉：汉即银河，诗中指烟火好像连接着天上的银河。

千金笑：汉代崔骃有《七依》："回顾百万，一笑千金。"常指女子笑颜美丽。

九枝：形状像树一样的灯具，有九个树枝，分别置有烛火。

简析

"锦里开芳宴"，诗人开篇即点明地点，锦里城中夫妻欢聚、布满筵席，热闹非凡。"兰缸艳早年"，兰膏燃烧的灯烛光彩流动，显得年轻人更加神采飞扬。"缛彩遥分地，繁光远缀天"，放眼望去，绚丽的色彩将地面分成斑斓的色块，繁华的灯光与天幕相接，星星点点的灯光缀满天空，与星辰媲美。"接汉疑星落，依楼似月悬"，远处的灯火闪烁，像是银河里的星辰落下人间，高楼上的灯光耀眼，像是明月悬挂于楼侧。中间二联皆写灯景，据传唐代赏灯已成风俗，地方上设有灯楼、灯塔、灯台、灯树等，诗人笔下的景象生动还原了唐代灯景的炫目多彩。而唐朝时期的巴蜀地区日趋繁华，诗人在成都所见的这一片绚丽景致也证明了这一点。"别有千金笑，来映九枝前"，特有的九枝烛台前，灯火分明，美人一笑，惊心动魄，像是古书中所说的一笑千金，具有极强的画面感。

背景

此诗为"初唐四杰"之一的卢照邻在巴蜀任职时所作，描绘了正月十五元宵佳节的繁华景象，展现出热情活泼的节日氛围。

王　勃

王勃（约650—676），字子安，绛州龙门（今山西河津）人。“初唐四杰”之一。乾封初年（666）在沛王李贤处任侍读，两年后因事被逐，游历于巴蜀之地。咸亨三年（672）任虢州参军，因擅杀官奴触犯刑律，从轻发落被革职。其父受牵连，被黜至边疆，王勃至交趾探父返回时，因溺水受惊而死。其诗多写个人生活，亦有抒发政治感慨，风格清新。原有文集，已散佚，明人辑有《王子安集》。

山中兰叶径，城外李桃园

春庄

唐・王勃

山中兰叶径，城外李桃园。
岂知人事静，不觉鸟声喧。

注释

径：小路。

岂：助词，表示反诘。

喧：啼叫。

简析

《春庄》全诗共四句，体裁形式为五言绝句，是一首田园诗。

城外种桃李的园子，只是诗中“山中兰叶径，城外李桃园”一句，“山中”与“城外”形成了鲜明的对比，前后句交相呼应。幽静的山林中有一条路边长满了兰叶的小径，不同于城外桃李园。衬托出兰花不同于桃李之花，非寻常之地可寻觅，暗喻出兰花清新脱俗的品质。

后两句“岂知人事静，不觉鸟声喧”中，表达出作者内心的宁静以及对大自然的热爱，相比繁华闹市，更偏爱幽静的山间里林。同时，也隐隐地传递出作者的处世之态，淡泊名利、不愿与世俗同流合污。

背景

相传《春庄》一诗，创作于乾封元年，王勃被授朝散郎期间。未及弱冠而入仕途，正是春风得意时，偶然外出踏青，于大好春光中观赏山林景致，自是别有一番人生感悟。

名家点评

郑振铎：正如太阳神万千缕的光芒还未走在东方之前，东方是先已布满了黎明女神的玫瑰色的曙光了。

桂轺虽不驻，兰筵幸未开

别人四首（其三）

唐·王勃

桂轺虽不驻，兰筵幸未开。
林塘风月赏，还待故人来。

注释

轺：轻便小车。

兰筵：筵席的美称。

简析

这是一首送别诗，但它没有描写眼前的分别场面，而是设想分别之后“我”的生活。前两句写到，桂木做成的小车难以久驻，美味的筵席还没有开始，意思是指，虽有桂轺、兰筵，但都难以让诗人感到开心。后两句写，每当“我”在林塘观赏风月时，还会期待朋友“你”的到来，表达了诗人对朋友的真挚情谊。

背景

《别人四首》的作者是唐代诗人王勃，这是首五绝诗。这是诗人在旅居巴蜀期间所写的客中送客之作的其中之一。

兰气熏山酌，松声韵野弦

圣泉宴

唐 · 王勃

披襟乘石磴，列籍俯春泉。
兰气熏山酌，松声韵野弦。
影飘垂叶外，香度落花前。
兴洽林塘晚，重岩起夕烟。

注释

圣泉：在玄武山，今四川中江东南。

列籍：依次而坐。

山酌：山野人家酿的酒。

兴洽：兴致和谐融洽。

夕烟：傍晚时的烟霭。

简析

这是一首记叙出游欢宴的诗。前两句直接点题，山路很陡，一路敞着衣襟登山，终于抵达山顶；席地而坐，俯瞰淙淙流过的圣泉。三、四句意境开阔，香浓醇厚的美酒，伴着沁人心脾的兰香，耳边松涛阵阵，仿佛大自然奏响的旋律，为人们伴奏助兴。五、六句从细处落笔，写树叶从枝头飘然而下落入水中，水中的倒影也随之忽高忽低，似乎要飘起来；落花悄然而下，没入土中，它的香气却一直弥漫在空气中。此句写得逼真细腻，情趣盎然。最后两句，诗人把目光锁定在云雾中的山峦上，不知不觉中天色已晚，而兴犹未尽；环顾四周，看到云烟四起，远方重峦叠嶂被笼罩其中，迷迷蒙蒙一片，仿佛宴会还没有结束，也不会结束，意味深长。

背景

此诗当作于总章三年（670）春。王勃总章二年（669）春天因戏作《檄鸡文》被高宗逐出沛王府，五月开始蜀中之游。这年秋冬直到第二年春，王勃一直在梓州游览。圣泉在中江县的玄武山中，诗人少长同游，共写高情，留下此诗。

名家点评

〔明〕陆时雍：三、四琢矣，然琢而不伤，其气浑浑。(《唐诗镜》)

〔明〕周珽：此宴于圣泉而叙其景，造语极幽润秀发。大抵子安写景多臻妙境。唐仲言谓其恨少骨力，秀趣在布景中者也。(《唐诗选脉会通评林》)

〔清〕王尧衢：此诗字意颇重，以流丽而不觉。(《古唐诗合解》)

泽兰侵小径，河柳覆长渠

郊兴

唐·王勃

空园歌独酌，春日赋闲居。
泽兰侵小径，河柳覆长渠。

雨去花光湿，风归叶影疏。
山人不惜醉，唯畏绿尊虚。

注释

河柳：即柽，又名观音柳、三春柳，落叶小乔木。

山人：隐居在山中的士人，作者自况。

绿尊：酒杯。

简析

这是一首描写春天雨后郊野景色的诗，表现出诗人醉心于山园的闲适、满足与恬淡，曲折地表达了诗人对仕途失意的忧愤与不满，以及归隐田园的决心。

诗的前两句交代了全诗的背景，诗人在空旷无人的园子里独自饮酒，放声歌唱自己仕途失意的苦闷。在这美丽的春天里，诗人以不问世事的闲居为题，来赋诗作文。三、四句描写的是远景，泽兰逐渐地把人行小道遮住了，河边柳也把长长的水渠笼罩着。五、六句写的是近景，雨后天晴，闪光的花仍然是湿漉漉的；风停了，树影不乱动了，反倒觉得树叶稀疏了。最后两句描写的是诗人的感受，我不怕喝醉酒，只怕酒杯里没有酒，有负这大好春光，道出诗人对春光的无限眷恋。

背景

这首诗当作于王勃在虢州参军（672—674）任上。自唐高宗李治下令将作者赶出沛王府之后，作者便陷入悲苦、愤激中，对现实感到不满。因在任内与同僚合不来，受到排斥厌恶，使这种思想情绪发展得更为严重，简直有时无法安置，只能以诗酒自遣、以山水自娱。

名家点评

〔明〕黄克缵、卫一风：赋景语清润可爱（“河柳”句下）。（《全唐风雅》）

〔清〕王夫之：大体清安，写生深润。自初唐绝技后，人但从高、岑起，且不知此，况望企及？（《唐诗评选》）

〔明〕钟惺、谭元春：钟云：“雨去”“去”字妙，才于“花光湿”“光”字有情，若直言雨，则湿在“花”而不在“光”矣（“雨去”句下）。谭云：“湿”言光，“疏”言影，即不寻常（“雨去”二句下）。（《唐诗归》）

陈子昂

陈子昂（661—702），字伯玉，梓州射洪（今四川省遂宁市射洪县）人，唐代诗人，初唐诗文革新人物之一。因曾任右拾遗，后世称陈拾遗。其诗风骨峥嵘，寓意深远，苍劲有力。其中最有代表性的诗作有组诗《感遇》38首、《蓟丘览古》7首和《登幽州台歌》等。

兰若生春夏，芊蔚何青青

感遇

唐·陈子昂

兰若生春夏，芊蔚何青青。
幽独空林色，朱蕤冒紫茎。
迟迟白日晚，袅袅秋风生。
岁华尽摇落，芳意竟何成！

注释

芊蔚：草木茂盛貌。

朱蕤：红花。

袅袅：形容细长柔软的东西随风摆动。

简析

这首五言诗通篇咏香兰杜若。香兰和杜若都是草本植物，秀丽芬芳。兰若的美，不仅在于其秀丽的花色，还在于绿叶的衬托。花叶掩映，枝茎交合，兰若才显得绚丽多姿。所以，作者从兰若的枝叶入手，叠用了“芊蔚”与“青青”两个同义词来形容花叶的茂盛，中间贯一“何”字，充满了赞赏之情。

如果说“芊蔚何青青”是用以衬托花色之美的话，“朱蕤冒紫茎”则是由茎及花，从正面刻画兰若的美。这一笔着以“朱”“紫”等鲜明的色彩加以描绘，并用一“冒”字，将“朱蕤”“紫茎”联成一体。全句的意思是：朱红色的花下垂，覆盖着紫色的茎。不仅勾勒出了兰若的身姿，还突出了它花簇纷披的情态。

兰若不像菊花那样昂首怒放，自命清高；也不像牡丹那般浓妆艳抹，富丽堂皇。兰若花红茎紫，叶儿青青，显得幽雅清秀，独具风采。“幽独空林色”一句，赞美了兰若秀色超群，以群花的失色来反衬兰若的卓然风姿。对比和反衬手法的结合运用，增强了艺术效果。“幽独”二字，有孤芳自赏的命意。

诗的前四句赞美兰若风采的秀丽，后四句转而感叹其芳华的零落。“迟迟白日晚，袅袅秋风生”一句，说的是由夏入秋，白天渐短。“迟迟”二字即写出了这种逐渐变化的特点。“袅袅”形容秋风乍起、寒而不冽，十分传神。后面以“白日晚”“秋风生”写芳华逝去，寒光威迫，充满美人迟暮之感。“岁华”“芳意”用语双关，借花草之凋零，悲叹自己的年华流逝，理想破灭，寓意凄婉，寄慨遥深。

此诗全用比兴手法，诗的前半部分重点赞美兰若压倒群芳的风姿，其实是以其“幽独空林色”比喻自己出众的才华。作者托物感怀，寄意深远。与初唐诗坛上那些“采丽竞繁”、吟风弄月之作相比，显得格外充实而清新，犹如芬芳的兰若，散发出诱人的清香。

背景

《感遇》是陈子昂所写的以感慨身世及时政为主旨的组诗，共38首，本篇为其中的第二首。诗中以兰若自比，寄托了个人的身世之感。

名家点评

〔明〕高棅：刘云：又以芳草为不足也。(《唐诗品汇》)

〔明〕程元初：诗欲气高而不怒，怒则失于风流。此诗气高而不怒。(《唐诗绪笺》)

〔明〕唐汝洵：唐云：仅存汉魏口气。(《汇编唐诗十集》)

张九龄

张九龄（678—740），字子寿，唐朝韶州曲江（今广东省韶关市）人，世称“张曲江”或“文献公”，是唐代有名的贤相。张九龄擅长五言古体诗的创作，风格清淡，语言素练质朴，在扫除齐梁绮靡诗风的过程中发挥了极为重要的作用。代表诗作有《感遇》十二首、《望月怀远》等。

兰叶春葳蕤，桂华秋皎洁

感遇十二首（其一）

唐·张九龄

兰叶春葳蕤，桂华秋皎洁。
欣欣此生意，自尔为佳节。
谁知林栖者，闻风坐相悦。
草木有本心，何求美人折？

注释

兰：兰草。

葳蕤：枝叶茂盛而纷披。

桂华：桂花，“华”同“花”。

生意：生机勃勃。

自尔：自然地。

佳节：美好的季节。

林栖者：山中隐士。

闻风：闻到芳香。

坐：因而。

本心：天性。

美人：指林栖者山林高士、隐士。

简析

诗一开始用整齐的偶句，写到春天里的幽兰翠叶纷披，秋天里的桂花皎洁清新，突出了春兰与秋桂两种高雅的植物。诗的三、四句，写世间的草木勃勃的生机，自然顺应了美好的季节。上半首主要是描写兰桂，没有写人。

从五、六句开始，以“谁知”急转引出与兰桂同调的山中隐者来，即谁想到山林隐逸的高人，闻到芬芳因而满怀喜悦。最后两句，指出无心与物相竞的情怀，即草木散发香气源于天性，怎么会求观赏者攀折呢？

诗人托物言志，以春兰和秋桂的芳洁品质，来比喻自己守正不阿的高尚节操；以春兰和秋桂不因无人采折而失去芬芳美质，来比喻自己的志洁行芳，不求人知的高雅情怀。

背景

此诗是张九龄遭谗被贬为荆州长史时所作。开元末期，唐玄宗沉溺声色，怠慢政事，口蜜腹剑的李林甫和专事逢迎的牛仙客把持朝政，排除异己，朝政更加腐败。张九龄痛恨现状，采用传统的比兴手法，托物寓意，作《感遇十二首》。

名家点评

〔明〕高棅：高廷礼曰：神龙以还，品格渐高，颇通远调。前论沈、宋比肩，后称燕、许手笔，又如薛少保之《郊陕篇》、张曲江公《感遇》等作，雅正冲澹，体合风骚，骎骎乎盛唐矣。(《唐诗品汇》)

〔明〕郝敬：托兴婉切，旷达可风。(《批选唐诗》)

〔明〕钟惺、谭元春：《感遇》诗，正字气运蕴含，曲江精神秀出，正字深奇，曲江淹密，皆出前人之上。盖五言古诗之本原，唐人先用全力付之，而诸体从此分焉。彼谓“唐无五言古诗而有其古诗”，本之则无，不知更以何者而看唐人诸体也。(《唐诗归》)

〔明〕邢昉：透骨语出之和平。(《唐风定》)

兰时独不偶，露节渐无芳

园中时蔬尽皆锄理，唯秋兰数本委而不顾，彼虽一物，有足悲者，遂赋二章。(其一)

唐·张九龄

场藿已成岁，园葵亦向阳。
兰时独不偶，露节渐无芳。
旨异菁为蓄，甘非蔗有浆。
人多利一饱，谁复惜馨香。

注释

场藿：场苗。

成岁：成为一年。

兰时：良时。

菁：本意是指韭菜的花，引申泛指其他的花，也引申指事物最美好的部分。

蓄：积聚，储存。

简析

全诗体裁形式为五言诗，作者写这两首诗主要源自开头的绪文，“园中时蔬尽皆锄理，唯秋兰数本委而不顾。彼虽一物，有足悲者，遂赋二章。”

“场藿已成岁，园葵亦向阳”，描写出豆叶已经长老，向日葵也朝向太阳，意味着该秋收了。

“兰时独不偶，露节渐无芳”，兰花很少结伴生长，眼看时节已过白露，各种花渐渐不见了芬芳的身影，兰草也不例外。

“旨异菁为蓄，甘非蔗有浆”，意思是说，韭菜该割掉储存起来，并不是甘蔗才会储蓄琼浆，描述出秋天可收获各种时蔬，品种多样。“人多利一饱，谁复惜馨香”，人大多数的时间都在为了饱腹而辛苦地劳作，在操劳糊口的过程中，谁还有心思去怜惜兰花呢？

背景

此诗是张九龄写于开元二十八年（740）南归故乡韶州时所作。以兰花秋放比喻自己生不逢时，不为世用。

星霜屡尔别，兰麝为谁幽

与弟游家园

唐 · 张九龄

定省荣君赐，来归是昼游。
林鸟飞旧里，园果让新秋。
枝长南庭树，池临北涧流。
星霜屡尔别，兰麝为谁幽。
善积家方庆，恩深国未酬。
栖栖将义动，安得久情留。

注释

定省：探望问候父母或亲长。

昼游：指白昼行游，炫耀于人，出自《魏书·甄琛传》。

星霜：星辰一年一周转，霜每年遇寒而降，因以星霜指年岁。

栖栖：忙碌而不安的样子。

简析

前四句交代的是作者创作此诗的情境，受君王所赐，省亲归家，风光无限，并将此情景比喻成林鸟归巢。中间四句描写的是景物和诗人的心情，南面庭园的树枝长得繁茂，靠近北边的溪涧缓缓流淌，景色优美怡人。一年又一年地与家人分别，那兰与麝香不知道在为谁散发幽香。最后四句写的是诗人的情志与抱负，积德行善才能让家庭喜庆绵长，君主对我有恩，而今壮志未酬，许多事情都亟待解决，怎么能为了儿女情长而久留家中呢？

背景

这是作者在离开洪州赴桂州任职期间，归故里省亲，与弟及家人团聚时写的一首诗。作者以林鸟归巢自比，用环境的优美衬托出团聚的氛围，体现家庭的和睦。

兰棹无劳速，菱歌不厌长

东湖临泛饯王司马

唐·张九龄

南土秋虽半，东湖草未黄。
聊乘风日好，来泛芰荷香。
兰棹无劳速，菱歌不厌长。
忽怀京洛去，难与共清光。

注释

芰荷：菱叶与荷叶，出处是《楚辞·离骚》。

兰棹：兰舟。

菱歌：采菱之歌。

京洛：京城，本指洛阳。

简析

《东湖临泛饯王司马》是一首唐代的五言律诗，是张九龄在东湖临泛饯王司马所作。诗的前两句交代了写作的时间，即南方的秋天已经过半，东湖的草却依然没有变黄。三、四句写出了作诗时的处境，趁着风和日丽来泛舟，能够闻到菱叶与荷叶的清香。五、六句写的是泛舟时的感受，兰舟慢悠悠地往前走，采菱的歌声怎么听都不觉得厌烦，这两句实则是在写诗人的心情，美好的时光从来都不会让人嫌弃太过绵长。最后两句是诗人的感悟，忽然怀念已经不再的京城，再难去领略那清美的风采。

孟浩然

孟浩然（689—740），名浩，字浩然，因祖籍为襄州襄阳（今湖北襄阳）而世称“孟襄阳”，与王维合称“王孟”。其诗歌题材多以山水田园、隐居逸兴及羁旅行役为主，以五言短篇居多，风格冲淡自然，是唐代“山水派”诗人的杰出代表。

蔓草蔽极野，兰芝结孤根

示孟郊

唐·孟浩然

蔓草蔽极野，兰芝结孤根。
众音何其繁，伯牙独不喧。
当时高深意，举世无能分。
钟期一见知，山水千秋闻。
尔其保静节，薄俗徒云云。

注释

孟郊：字东野，唐代诗人，擅长五言古诗和乐府诗，用字造句力避平庸，诗风冷峭，是著名的苦吟诗人。

蔓草：蔓生之野草。

极野：远野。

众音：指一般世俗的声音。

保静节：保持静洁节操。

云云：纷纷纭纭。

简析

这首诗表现了朋友间情趣相投、志向高洁的情谊。诗中没有缠绵悱恻的眷恋，没有凄惨哀婉的离别，有的只是平淡似水、如高山流水般的情怀。诗的前两句，以蔓生的野草和孤生的兰花、灵芝作对比，衬托出后者的不同寻常，并引出后两句“众音何其繁，伯牙独不喧”，世俗的声音是多么地纷繁杂乱，精于琴艺的伯牙却不被世俗所侵扰。他那高深的意境不是什么人都能够理解的，然而钟子期却能闻而知之，在高山流水间听出真意。诗人在最后两句中，劝诫孟郊于世俗纷扰中保持固有的节操，自会遇到知音的赏识。整首诗婉转地传达出了诗人对孟郊的赞誉，同时也表明诗人异于世俗的高雅的人生志趣。

背景

这是孟浩然写给孟郊的一首诗，高度赞誉了孟郊兰芝般的孤高品德，以及不屈就于世俗的人生价值观。

绮席铺兰杜，珠盘折芰荷

张郎中梅园中

唐·孟浩然

绮席铺兰杜，珠盘折芰荷。
故园留不住，应是恋弦歌。

注释

张郎中：张子容。

绮席：华丽的席具。古人称坐卧之铺垫用具为席。

珠盘：精美的盘。

弦歌：依琴瑟而咏歌。

简析

这是一种带有讽喻色彩的诗词。唐诗中的讽喻，多了一些蕴藉，少了一些直接。

诗的前两句，描写的是一种美好的生活，绮席上铺着兰花杜若，精美的珠盘里放着莲花，别有一番味道，算得上是惬意舒适的人生了。后两句是转折，可是如此美好的故园，都留不住张郎中，想必他是又迷恋弦歌了。诗人通过淡淡的揣测，讽喻张郎中迷恋外面的花花世界。

王昌龄

王昌龄（约698—约756），字少伯，京兆长安（今陕西西安）人。开元进士，为校书郎。后举弘词科，授汜水县尉，迁江宁丞，后贬龙标尉。安史之乱时回乡，道出亳州，为刺史闾丘晓所杀。与高适、岑参等同为唐代边塞诗人代表。原有诗文集，已散佚，明人辑有《王昌龄辑》。

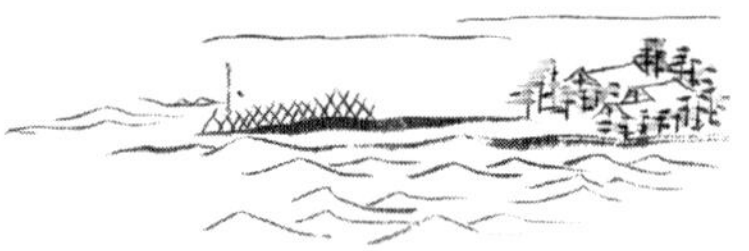

黄沙百战穿金甲，不破楼兰终不还

从军行七首（其四）

唐·王昌龄

青海长云暗雪山，孤城遥望玉门关。
黄沙百战穿金甲，不破楼兰终不还。

注释

从军行：乐府旧题，属相和歌辞平调曲，多是反映军旅辛苦生活的。

青海：指青海湖，在今青海省。

雪山：即祁连山，山巅终年积雪，故云。

孤城：即玉门关。玉门关，汉置边关名，在今甘肃敦煌西。一作“雁门关”。

楼兰：汉时西域国名。西汉时楼兰国王与匈奴勾通，屡次杀害汉朝通西域的使臣。此处泛指唐西北地区常常侵扰边境的少数民族政权。

简析

这首诗表现战士们为保卫祖国矢志不渝的崇高精神，意境苍凉，慷慨激昂，充分展示了盛唐气象。“青海长云暗雪山，孤城遥望玉门关”，这两句诗写边塞壮阔之景，是对西北边陲景观的一个总体概括。“黄沙百战穿金甲，不破楼兰终不还”两句，直抒胸臆，表达杀敌报国的坚定斗志与信念。“黄沙百战穿金甲”，极其概括地写了戍边的战事，“黄沙”写作战环境之恶劣，“百战”暗示战争时间的漫长和频繁。“穿金甲”则写敌军之强悍，侧面烘托战斗之艰苦激烈。即使这样，将士的报国壮志却并没有丝毫减损，反而变得更加坚定，“不破楼兰终不还”。

背景

盛唐时期，国力强盛，帝王锐意进取、卫边拓土，而那个时代的人也希望在这样一个时代崭露头角、有所作为。武将把一腔热血洒向沙场，争取建功立业的机会，诗人则为伟大的时代精神所感染，用诗人的笔抒发豪情，谱写雄浑磅礴、瑰丽壮美的诗篇。《从军行七首》就是盛唐诗人王昌龄采用乐府旧题写的此类边塞诗。

名家点评

〔明〕周埏：李梦阳曰：语亦悲壮。(《唐诗选脉会通评林》)

〔清〕沈德潜："不破楼兰终不还"句，作豪语看亦可，然作归期无日看，倍有意味。(《唐诗别裁》)

〔清〕黄叔灿：玉关在望，生入无由，青海雪山，黄沙百战，悲从军之多苦，冀克敌以何年。"不破楼兰终不还"，愤激之词也。(《唐诗笺注》)

〔清〕张文荪：清而庄，婉而健，盛唐人不作一凄楚音。(《唐贤清雅集》)

明敕星驰封宝剑，辞君一夜取楼兰

从军行七首（其六）

唐・王昌龄

胡瓶落膊紫薄汗，碎叶城西秋月团。
明敕星驰封宝剑，辞君一夜取楼兰。

注释

胡瓶：一种工艺品，可用来储水。

敕：专指皇帝的诏书。

星驰：像流星一样迅疾奔驰，也可解释为星夜奔驰。

简析

这首诗描写的是一位将军欲奔赴边关杀敌立功的急切心情。

诗的首句写这位将军的战时装束和勇武雄姿，次句转写边塞之景，意在营造和烘托气氛，暗示将军之心时时想着边塞的安危，时时准备奔赴边塞，保境安民。这两句着力铺陈将军的装束和边地景色，既衬托出将军的神武之姿，又意在蓄势，在如水秋月的广阔清寒背景下，一身戎装的将军的剪影，威风凛凛，一位勇武的将军形象就被传神地勾勒了出来。诗的后两句，豪气生发，尤显英雄本色，既写出了部队攻城拔寨的神速，同时也反映出作者对唐朝强大国势和军力的一种自信和自豪心理。

背景

盛唐时期，国力强盛，帝王锐意进取、卫边拓土，而那个时代的人也希望在这样一个时代崭露头角、有所作为。武将把一腔热血洒向沙场，争取建功立业的机会，诗人则为伟大的时代精神所感染，用诗人的笔抒发豪情，谱写雄浑磅礴、瑰丽壮美的诗篇。《从军行七首》就是盛唐诗人王昌龄采用乐府旧题写的此类边塞诗。

十五役边地，三回讨楼兰

代扶风主人答

唐 · 王昌龄

杀气凝不流，风悲日彩寒。
浮埃起四远，游子弥不欢。
依然宿扶风，沽酒聊自宽。

寸心亦未理，长铗谁能弹。
主人就我饮，对我还慨叹。
便泣数行泪，因歌行路难。
十五役边地，三回讨楼兰。
连年不解甲，积日无所餐。
将军降匈奴，国使没桑乾。
去时三十万，独自还长安。
不信沙场苦，君看刀箭瘢。
乡亲悉零落，冢墓亦摧残。
仰攀青松枝，恸绝伤心肝。
禽兽悲不去，路旁谁忍看。
幸逢休明代，寰宇静波澜。
老马思伏枥，长鸣力已殚。
少年与运会，何事发悲端。
天子初封禅，贤良刷羽翰。
三边悉如此，否泰亦须观。

注释

扶风：唐代郡名，在今天的陕西省凤翔县附近。
杀气：秋天的萧条之气。
休明：指政治清明。
刷羽翰：指贤良才智之士奋飞得志，比喻振奋精神。
三边：泛指边境地区。

简析

这是唐代诗人王昌龄所写的一首诗。开头八句，诗人自述行迹，渲染环境气氛，景物描写比较沉闷压抑，晦涩黯淡，给全诗奠定了阴冷沉闷的基调。此诗借扶风主人之口，揭示了边境征战的惨况，希望有志之士珍惜来之不易的太平盛世，有所作为。

“主人就我饮”四句是过渡句，引出扶风客舍的主人，一位久经沙场的老兵。“十五役边地”至“路旁谁忍看”，是扶风主人描绘自己的军旅生涯。“去时三十万，独自还长安”一句，写出扶风主人内心有几分庆幸，这为下文抒写珍惜太平盛世的生活感慨作了过渡。

“幸逢休明代”以下四句是扶风主人抒发欣逢盛世及年老体衰的感慨，大致是说，幸好赶上了这样一个政治清明的时代，普天之下一片祥和，百姓安康。“老马思伏枥，长鸣力已殚”两句说的是自己虽然还想为国效力，无奈已经年老体衰，希望能够得到好好的休养。“少年与运会，何事发悲端”两句说的是诗人，你现在正好赶上了好的时运，为何还如此闷闷不乐呢？收尾六句是扶风主人对诗人的劝慰勉励之词，语重心长，感情真挚。

全诗写景叙事，有条不紊。老人的言语略带沧桑之感，但又不流于伤感，感人至深。此诗从风格上看，虽有几分沉郁，但仍是盛唐气象的回响，内容和形式结合巧妙，谋篇布局颇见匠心，不失为一首优秀的边塞诗作。

名家点评

〔明〕周珽：缠绵激楚，如怨如诉。(《唐诗选脉会通评林》)

〔明〕唐汝洵：此夜宿扶风述舍主人之辞，以刺明皇之黩武也。言我因风景、萧条沽酒以消客况，乃有主人就饮，泣涕而歌。(《唐诗解》)

〔明〕谭元春：看其出没，其五言古中宏肆高格也。结“否泰亦须观”五字耳，又是一篇深远大文章。(《唐诗归》)

千里共如何，微风吹兰杜

同从弟南斋玩月忆山阴崔少府

唐·王昌龄

高卧南斋时，开帷月初吐。
清辉澹水木，演漾在窗户。
荏苒几盈虚，澄澄变今古。
美人清江畔，是夜越吟苦。
千里共如何，微风吹兰杜。

注释

从弟：堂弟。

南斋：面南的书房。

澹：水缓缓地流。

演漾：水流摇荡。

几盈虚：月亮圆缺反复多次。

吹：一作“出”。

兰杜：兰花与杜若，均为香草。

简析

这首诗的主题是玩月思友，由月忆人。诗人与堂弟高卧南斋时，月亮刚刚出来。渐渐升高后，皎洁的月光洒在水上、树木上，倾泻在窗户上。诗人用“澹”和“漾”两个字，逼真地形容出了月光照地时，人对月光的感觉。借助月亮，诗人开始引发感慨：自古以来，月亮总是圆了又缺，缺了又圆，人呢？人也是一代又一代，代代人都看着月亮。月光依如从前，人生却不常。紧接着，诗人又想起朋友崔少府必定也在这清水之下、清江之畔吟诗。诗人与朋友相隔千里，但同在望月。最后一句，没有直接说出对朋友的思念，而是写兰杜之芳，能否吹到朋友那里？朋友是否知道我在思念他呢？全诗笔不离月，景不离情，情景交融，景情相济，有很强的艺术感染力。

背景

诗人与堂弟高卧南斋时，月亮刚刚出来，有感而作此诗。

名家点评

〔清〕沈德潜：高人对月时，每有盈虚今古之感。(《唐诗别裁》)

〔清〕王闿运：着墨不多，自觉深远。(《王闿运手批唐诗选》)

张中行：即景生情，情蕴景中，是盛唐诗的共同特点。这首诗由此人此景联想到彼景彼情，且情景交融，独具特色。(《超纯斋诗词》)

李　白

李白（701—762），字太白，号青莲居士，祖籍陇西成纪（今甘肃天水），是唐代最伟大的诗人之一，被后人誉为“诗仙”。李白生活在盛唐时期，他性格豪迈，游踪遍及南北各地，写出大量赞美名山大川的壮丽诗篇。李白的诗作，以乐府、歌行及绝句成就为最高。其歌行，完全打破诗歌创作的一切固有格式，空无依傍，笔法多端，达到了变幻莫测、摇曳多姿的神奇境界；其绝句自然明快，能以简洁明快的语言表达出无尽的情思。其诗风，既豪迈奔放，又清新飘逸，而且想象丰富，意境奇妙。

孤兰生幽园，众草共芜没

古风·孤兰生幽园

唐·李白

孤兰生幽园，众草共芜没。
虽照阳春晖，复悲高秋月。
飞霜早淅沥，绿艳恐休歇。
若无清风吹，香气为谁发。

注释

芜没：掩没于荒草间，淹没。芜：草长得杂乱。

高秋：即深秋。

淅沥：雨雪细下的样子。

绿艳：指兰的叶和花。此处以修饰词代中心词。

简析

李白《古风》组诗共五十九首，这是其中的第三十八首。

诗的前四句描写了庭园里的景致，孤独的兰生长在幽深的园子里，各种杂草一起把它淹没。虽然春天的阳光曾经将它照耀，可秋月旋即升上了天空，又让它陷入悲伤之中。诗的后四句是作者发出的感慨：秋霜雨雪打着翠绿的叶子和红色的花，兰的生命恐怕也要结束了。如果没有清风来吹拂，兰又为谁而散发芬芳呢？这一句颇有知音去，宝瑟焚的意味。

背景

这首诗大约作于李白应诏入长安的第二年秋天，此时由于高力士等人的挑拨污蔑，唐玄宗开始逐渐疏远李白，这让李白渐渐感受到冷遇的凄凉。此诗感叹人有逸才，埋没于众，虽当圣明之朝，恐时光易逝，才未见用，而身已衰老，希望能获得德高望重者的提携。

名家点评

〔元〕萧士赟：诗谓君子在野，未能自拔于众人之中，虽蒙主知，而小人之谗谮已至。若非引类拔萃而荐用之，虽有馨香，何以自见哉！

沐芳莫弹冠，浴兰莫振衣

杂曲歌辞·沐浴子

唐·李白

沐芳莫弹冠，浴兰莫振衣。
处世忌太洁，至人贵藏晖。
沧浪有钓叟，吾与尔同归。

注释

沐浴子：乐府《杂曲歌辞》旧题。

藏晖：掩藏其光芒。

沧浪：即汉水。

简析

《沐浴子》是乐府《杂曲歌辞》旧题。前两句写的是，多数人用香膏洗过头发之后，都会拍打一下自己所戴的帽子，以弹去上面的灰尘；用兰草煎水洗过澡后，多数人都会抖抖自己的衣服，抖落上面的不洁之物。中间两句是诗人的见解，也是一个转折，即：我劝你沐浴之后不要这样做，因为人生在世，没必要把什么事情都搞得那么洁净无瑕，真正达到至高境界的人，应当懂得掩盖光芒。最后两句写道，沧浪之滨有一个深知进退行藏的渔父，诗人想要随他一同归去。诗人借助此诗表达自己对人生处世的独特见解，流露出他对人生不得意的无奈之情。

名家点评

〔明〕梅鼎祚：此篇檃栝《骚》意，便是名言。(《李杜二家诗钞评林》)

〔清〕黄周星：豪放人忽作此澹寂语。(《唐诗快》)

〔清〕沈德潜：立身忌太洁，不如老子之和光同尘也。暗用《楚骚》意。(《唐诗别裁》)

摘尽庭兰不见君，红巾拭泪生氤氲

捣衣篇

唐 · 李白

闺里佳人年十馀，嚬蛾对影恨离居。
忽逢江上春归燕，衔得云中尺素书。
玉手开缄长叹息，狂夫犹戍交河北。
万里交河水北流，愿为双燕泛中洲。
君边云拥青丝骑，妾处苔生红粉楼。
楼上春风日将歇，谁能揽镜看愁发？
晓吹员管随落花，夜捣戎衣向明月。
明月高高刻漏长，真珠帘箔掩兰堂。
横垂宝幄同心结，半拂琼筵苏合香。
琼筵宝幄连枝锦，灯烛荧荧照孤寝。
有便凭将金剪刀，为君留下相思枕。
摘尽庭兰不见君，红巾拭泪生氤氲。
明年若更征边塞，愿作阳台一段云。

注释

氤氲：烟雾弥漫的样子，此处形容泪眼模糊。

阳台：借助楚王梦巫山神女之事。神女与之辞别时说：“朝朝暮暮，阳台之下。”

简析

这首诗描写的是闺中少妇思念远征的丈夫，恨离居、长叹息。全诗情景交错，在绮丽中别有蕴蓄，真挚热烈的感情中蕴含着厌战的思想情绪。“摘尽庭兰不见君”这两句描写的是，把庭园里的兰花都摘尽了，也不见丈夫归来，唯有用红巾擦拭脸上的泪痕。最后两句写的是，明年如果还有戍守边塞的征召，她愿意化作一片流云，这样就能朝朝暮暮地陪伴在夫君身边了。

背景

《捣衣篇》是南北朝乐府旧题，此题起源于古琴曲《捣衣》。古代裁衣前必先捣帛，妇女捣帛制衣寄征人，睹物思人，怀念远人的情思不禁油然而兴，因此捣衣成了闺怨诗的绝好题材。此篇题作“捣衣”，《乐府诗集》未收，诗中并不着重写捣衣，只闲闲地提了一句“夜捣戎衣向明月”，因此“捣衣”只是作为闺怨的代词。李白此诗是为闺怨而作。

名家点评

〔元〕萧士赟：末句曰："明年若更征边塞，愿作阳台一段云。"意谓滔滔不归，则惟有托梦以从其夫于四方上下耳。此亦极其怀思之形容也欤！(《分类补注李太白诗》)

〔明〕胡应麟：太白《捣衣篇》等，亦是初唐格调。(《诗薮》)

〔明〕邢昉：子安《捣衣》尚袭梁陈，此虽绮丽有余，而神骨自胜矣。(《唐风定》)

兰陵美酒郁金香，玉碗盛来琥珀光

客中行

唐·李白

兰陵美酒郁金香，玉碗盛来琥珀光。
但使主人能醉客，不知何处是他乡。

注释

客中：指旅居他乡。

兰陵：今山东省临沂市苍山县兰陵镇。

玉碗：玉制的食具，亦泛指精美的碗。

简析

这首诗赞美了美酒的清醇、主人的热情，表现出诗人豪迈洒脱的精神境界，也反映了盛唐社会的繁荣景象。诗的前两句，点出做客之地，即"兰陵"，把它跟美酒联系起来，一扫令人沮丧的异地他乡的凄楚之感。著名的兰陵美酒，是用香草郁金香加工浸制的，带着醇浓的芳香，盛在晶莹剔透的玉碗里，看起来就像琥珀那般光艳。诗的后两句，可谓是既在人意中，又在人意外。它与前面的描写遥相呼应，也是情感发展的自然趋向，乍一看是写愁客的题目，可诗人却将它描绘成另外的一番景象，他完全没有意识到是在他乡，那思乡之情已经被兰陵美酒冲淡了，在朋友面前尽情欢醉的情绪，完全支配了他。这是此诗不同于其他羁旅之作的地方。

背景

李白在天宝初年长安之行以后移家东鲁，这首诗作于东鲁的兰陵，而以兰陵为“客中”，应为入长安前的作品。此时社会一片繁荣昌盛，人们的精神状态也比较昂扬振奋。李白重友情，嗜美酒，爱游历。祖国山川风物，在他的心目中都充满了美丽。此时，李白虽抱有经世济民之志，但对隐逸山林也很羡慕。在这优美的自然环境中，他高歌纵酒，啸傲山林，怡情自然，怀才自负，毫无末路穷途之感。

名家点评

〔明〕高棅：太白豪放，此诗仿佛。(《批点唐诗正声》)

〔明〕敖英：蒋仲舒曰：下语富。又曰：乃其本相，故佳。(《唐诗绝句类选》)

〔明〕凌宏宪：太白真自传其神。(《唐诗广选》)

〔清〕沈德潜：强作宽解之词。(《唐诗别裁》)

〔清〕黄叔灿：借酒以遣客怀，本色语却极情致。(《唐诗笺注》)

愿将腰下剑，直为斩楼兰

塞下曲六首（其一）

唐 · 李白

五月天山雪，无花只有寒。
笛中闻折柳，春色未曾看。
晓战随金鼓，宵眠抱玉鞍。
愿将腰下剑，直为斩楼兰。

注释

天山：祁连山。

折柳：即《折杨柳》，古乐曲名。

简析

全组诗借用唐代流行的乐府题目而写时事与心声，其主题是要求平定边患。全组诗以乐观高亢的基调和雄浑壮美的意境反映了盛唐的精神风貌，描绘了守边将士在沙场上征战的艰苦生活，歌颂了他们忠心报国的英勇精神。诗的内容丰富，格调昂扬，表现了诗人高尚的爱国情操。

开头两句，写五月的塞下不同于内地，满山飘雪，看不到花草，只有凛冽的寒气。三、四句又写，只有在笛声《折杨柳》曲中才能想象到春光，现实中是不曾见到春天的。后四句写的是诗人的设想：自己来到边塞，在天山脚下，白天在金鼓声中与敌人进行搏斗，晚上抱着马鞍睡觉。“愿将腰下剑，直为斩楼兰”，借用傅介子慷慨复仇的故事，表现诗人甘愿到疆场，为国杀敌的雄心壮志。

背景

这组诗当作于唐玄宗天宝二年。此前一年，李白初入长安，此时供奉翰林，胸中正怀有建功立业的政治抱负。

名家点评

〔清〕朱之荆：三、四一气而下，妙极自然，故不用对。另是一体，究非常格。(《增订唐诗摘钞》)

〔清〕屈复：雪入春则无花，前言塞下寒若如此。五、六言其苦更甚。两层逼出“直为斩楼兰”，言外见庶不再来塞下受此苦也。意甚含蓄。(《唐诗成法》)

〔清〕沈德潜：太白“五月天山雪，无花只有寒。笛中闻折柳，春色未曾看”一气直下，不就羁缚。(《说诗晬语》)

〔清〕黄叔灿：四十字中，不假雕镂，自然情致。(《唐诗笺注》)

松兰相因依，萧艾徒丰茸

于五松山赠南陵常赞府

唐·李白

为草当作兰，为木当作松。
兰幽香风远，松寒不改容。
松兰相因依，萧艾徒丰茸。
鸡与鸡并食，鸾与鸾同枝。
拣珠去沙砾，但有珠相随。

远客投名贤，真堪写怀抱。
若惜方寸心，待谁可倾倒。
虞卿弃赵相，便与魏齐行。
海上五百人，同日死田横。
当时不好贤，岂传千古名。
愿君同心人，于我少留情。
寂寂还寂寂，出门迷所失。
长铗归来乎，秋风思归客。

注释

因依：依靠。

萧艾：野蒿，臭草，常用以比喻不肖小人。

丰茸：茂盛的样子。

适：往，到。

长铗：长剑。

简析

这首诗首句就高声歌唱“为草当作兰，为木当作松”，极度赞美“兰幽香风远，松寒不改容”的高洁骄傲的节操。赞颂之情，意犹未尽，诗人又把象征孤高、明洁的鸾凤和珍珠，与形状丑陋且卑微的萧艾、鸡、沙砾等物作对比映衬，越发使得兰松等物的高风亮节、情操与美德熠熠发光。在赞美和鄙视中，诗人托物寓意，形象地表明了自己孤高的心迹和晚节。表明了自己愤世嫉俗、不与卑劣小人同流合污的傲骨。

同时，这首诗又借事抒怀，用典表情。诗人长安被黜之后，浪迹天下多年，而今流落江南，正处于无路可走的寂寞痛苦境况中。诗人欲向常赞府倾诉衷肠、一吐怀抱，以求得知己好友的同情和支持。诗中就借古事，用典故，较好地抒发了这种沉郁深挚的感情。

背景

这首诗作于唐朝安史之乱前夕，天宝十三年（754）李白由宣城游铜陵五松山之时。诗人在五松山盘桓期间，与常赞（时为南陵县丞）交往密切，以好友相称，希望得到常赞的同情与支持，便赠以此诗。

烟开兰叶香风暖，岸夹桃花锦浪生

鹦鹉洲

唐·李白

鹦鹉来过吴江水，江上洲传鹦鹉名。
鹦鹉西飞陇山去，芳洲之树何青青。
烟开兰叶香风暖，岸夹桃花锦浪生。
迁客此时徒极目，长洲孤月向谁明。

注释

鹦鹉洲：武昌西南长江中的一个小洲。

吴江：指流经武昌一带的长江。因三国时属吴国，故称吴江。

芳洲：香草丛生的水中陆地。这里指鹦鹉洲。

锦浪：形容江浪像锦绣一样美丽。

迁客：指被流放的人。这里是诗人自称。

向谁明：意即照何人。

简析

诗写鹦鹉洲，而这鹦鹉洲是因为祢衡的一篇《鹦鹉赋》得名，李白这首诗开篇的“鹦鹉”看似实写，其实是代指祢衡。“江上洲传鹦鹉名”，主要是指《鹦鹉赋》，也不是专指这里来过鹦鹉，至少是一语双关，虚实并用。接下第三句化用祢衡《鹦鹉赋》中“命虞人于陇坻，诏伯益于流沙；跨昆仑而播弋，冠云霓而张罗”的句子，说鹦鹉已西飞而去。言外之意是说祢衡在这里被杀。因此，诗人感到非常的惋惜：鹦鹉曾来过这里，为此留下了一个美丽的名字，然而又西飞而去。鹦鹉飞走了，不在了，可那芳洲之上还碧树青青，表现了诗人对祢衡的无限怀念。这四句诗气势流转自如，又一唱三叹，一语双关，别具匠心。

五、六两句诗意开始转折，但又与前面几句藕断丝连，生动地描绘了鹦鹉洲上明媚的春光。然而，春光再美好，却丝毫撩拨不起诗人的欢快之情，他依然沉浸在孤寂和悲苦之中。此时，诗人毕竟还是一位被流放的“迁客”，眼前这一切生机勃勃的良辰美景跟他内心的落寞痛苦恰恰形成了强烈的对比。诗人一生流离困顿，晚年蒙冤遭流放，更趋穷困，尽管内心还存在一种奋起搏击的暮年壮志，但终不免落花流水，悲愁难驱。面对如此芳洲，此时此地只不过是徒然纵目而已。

背景

此诗写于唐肃宗上元元年（760）。此诗借描写鹦鹉洲的艳丽春景以及古人祢衡的悲惨遭遇，反衬诗人自己饱经颠沛流离之苦的孤寂心情。

名家点评

〔明〕高棅：刘须溪云：犹是《凤台》余韵，情景觉称，终觉豪胜。此以正平吊正平者。(《唐诗品汇》)

〔明〕李东阳：古诗与律不同体，必各用其体乃为合格。然律犹可间出古意，古不可涉律……李太白“鹦鹉西飞陇山去，芳洲之树何青青”、崔颢“黄鹤一去不复返，白云千载空悠悠”，乃律间出古，要自不厌也。(《麓堂诗话》)

〔明〕陆时雍：太白七言，绝无蕴藉，《鹦鹉洲》一首，气格高岸。(《唐诗镜》)

〔明〕许学夷：太白《鹦鹉洲》拟《黄鹤楼》为尤近，然《黄鹤》语无不炼，《鹦鹉》则太轻浅矣。至“烟开兰叶香风暖，岸夹桃花锦浪生”，下比李赤，不见有异耳。(《诗源辨体》)

〔清〕王夫之：此则与《黄鹤楼》诗宗旨略同，乃颢诗如虎之威，此如凤之威，其德自别。(《唐诗评选》)

〔清〕沈德潜：以古笔为律诗，盛唐人每有之，大历后，此调不复弹矣。(《唐诗别裁》)

王 维

王维（701—761），唐代诗人、画家。字摩诘。原籍祁（今属山西），其父迁居蒲州（治今山西永济西），遂为河东人。开元进士。累官至给事中。安禄山叛军陷长安时曾受职，乱平后，降为太子中允。后官至尚书右丞，故亦称王右丞。晚年居蓝田辋川，过着亦官亦隐的优游生活。诗与孟浩然齐名，并称“王孟”。前期写过一些边塞题材的诗篇，但其作品最主要的则为山水诗，通过田园山水的描绘，宣扬隐士生活和佛教禅理；体物精细，状写传神，有独特成就。兼通音乐，工书画。有《王右丞集》。

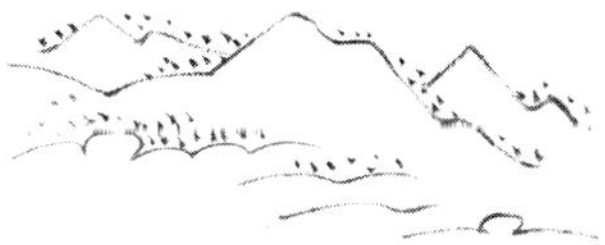

春风动百草，兰蕙生我篱

赠裴十迪

唐 · 王维

风景日夕佳，与君赋新诗。
澹然望远空，如意方支颐。
春风动百草，兰蕙生我篱。

暧暧日暖闺，田家来致词。
欣欣春还皋，淡淡水生陂。
桃李虽未开，荑萼满其枝。
请君理还策，敢告将农时。

注释

日夕：近黄昏之时。

澹然：安静，自适貌。

如意：古之爪杖也。

暧暧：迷蒙隐约貌。晋陶潜《归园田居》诗之一："暧暧远人村，依依墟里烟。"

皋：水边之地。

陂：池塘。

还策：指还归时需带的手杖等行装。

简析

这是王维的一首山水田园诗，首句点明写作动机，风景早晚都很好，我和你一起写作新诗。三、四句凸显诗人观景时的心态，恬淡地望着高远的天空，如意正把我面额托支。中间几句写道，徐徐春风轻拂，惊醒了那沉睡的百草，齐齐在微风荡涤中悄然萌动；看那篱笆丛中，兰蕙丛生，散发出缕缕幽香，沁人心脾。融融的日光照暖村舍，农夫特来这里向我陈辞。后面四句是致辞的内容：草木欣欣，春天已回到原野，波光荡漾，绿水涨满了陂池。桃花李花虽还没有开放，嫩芽花萼也已结满了青枝。请你准备好回去用的手杖，我大胆相告不要误了农时。这首诗清新欢快，淡然素雅，朴实醇厚的言语，描绘的却是最真切自然的景象。

背景

裴迪是同王维来往最多的盛唐山水田园诗人。他开元末在张九龄荆州幕府，后到长安，曾隐于终南。从裴迪《青雀歌》可知他并非不想跻身青云，但洁身自好，不妄与燕雀同群，这或许是他仕途失志、只得归隐的一个主要原因。在隐居中，他逐渐接受佛教思想，从中获得精神安慰。王维与裴迪两人思想、志趣相合，互相关心、患难与共，故而能有如此真切坦诚、醇厚朴质之语。

贺兰进明

贺兰进明，生卒年均不详。开元十六年（728）登进士第。安禄山之乱，进明以御史大夫为临淮节度。肃宗时，为北海太守。诣行在，以为南海太守，摄御史大夫，岭南节度使。后贬秦州司马。进明好古博雅，经籍满腹，著文一百余篇，古诗乐府数十篇，《唐才子传》均传于世。

崇兰生涧底，香气满幽林

古意二首（其一）

唐·贺兰进明

崇兰生涧底，香气满幽林。
采采欲为赠，何人是同心？
日暮徒盈把，裴回忧思深。
慨然纫杂佩，重奏丘中琴。

注释

崇兰：即丛兰，丛生的兰草。

涧：山间流水的沟。

徒：空。

盈把：全部攥住。

裴回：徘徊不进貌。

慨然：激昂。

杂佩：连缀在一起的各种佩玉。

简析

全诗体裁形式为五言绝句。

首句以兰花的生长环境来赞许兰花的香，其“幽”字一语道出兰花的幽静淡雅，气郁芬芳。“采采欲为赠，何人是同心”一句，意思是说，兰花的袅袅姿态、清香淡雅，有多少人都想采去赠人，然而什么人与自己志同道合呢？“日暮徒盈把，裴回忧思深”一句，意指作者眼看日薄西山，空对着兰花旖旎犹深思。

《周易》有云：“二人同心，其利断金；同心之言，其臭如兰。”名花倾国应相惜，同道之人相遇，该是如何的欣喜与庆幸。自古知音难求的事实，不禁使得心性细腻敏感的诗人产生“微斯人，吾谁与归”的感叹。古往今来，无数诗人为苦寻知音不得而感慨。作者借助这首诗，传递出自己空怀兰桂一般美好优秀的内质与品格，却没有志同道合之人同游，拊掌而谈，心里不免有怅然失落之感。

名家点评

〔明〕高棅：意至兴远，读之可悲。(《批点唐诗正声》)

杜　甫

杜甫（712—770），字子美，自号少陵野老。汉族，祖籍襄阳，河南巩县（今河南省巩义）人。唐代伟大的现实主义诗人，与李白合称“李杜”。为了与另两位诗人李商隐与杜牧即“小李杜”区别，杜甫与李白又合称“大李杜”，杜甫也常被称为“老杜”。

兰若山高处，烟霞嶂几重

谒真谛寺禅师

唐·杜甫

兰若山高处，烟霞嶂几重。
冻泉依细石，晴雪落长松。
问法看诗妄，观身向酒慵。
未能割妻子，卜宅近前峰。

注释

观身：佛教四种观行之一，即观因缘、观果报、观自身、观如来身中之观自身。此观行乃观自身之正因，虽有灵觉之性，而为烦恼黑暗所覆蔽，无了解诸法之力，故不得显也。

割：离断。

卜宅：选择住宅。

简析

前两句写道，诗人为了寻寺访僧，接受心灵洗礼，不辞辛苦、翻山越岭，终于来到了山之高处。此处的景象果然不同凡响，冰霜已经结冻，而清泉却还在细细地流淌；白日高升，纷纷扬扬的雪花飘落在青松上。这是高山之上的自然景观，很真实，却又不同常态。在这种反常的真实中，似乎也蕴含着某种奥义：为什么清泉不怕霜冻？为什么白雪不怕晴日？这高山之上究竟有怎样的一股力量？

后四句写道，诗人向真谛寺的禅师问法，获得了超常的心得。禅师对他如何说法，我们无从知晓，但杜甫自身观念的变化却记载了下来。他本是一个以为“诗乃吾家事”，对诗歌创作很重视，且有“语不惊人死不休”的创作精神的诗人，但在问法之后，他却把诗看作了虚妄，且放弃了平时最喜爱的酒。可见，禅法对他的影响至深。不过，杜甫仍然有不可割舍的妻室儿女，禅法吸引他，亲情也难以舍弃，于是他就在靠近真谛寺的山峰前选了一处屋子居住下来。这样既能够参禅问法，也不离妻小。

背景

这首诗大约作于767年，当时杜甫寓居夔州，他到真谛寺寻禅问法，就这件事的经过以及问法后的感受作了此诗。

或看翡翠兰苕上，未掣鲸鱼碧海中

戏为六绝句（其四）

唐 · 杜甫

才力应难跨数公，凡今谁是出群雄？
或看翡翠兰苕上，未掣鲸鱼碧海中。

注释

才力：才能，能力。

翡翠：鸟名。

兰苕：兰花。

简析

这首诗评论的是当时的诗坛状况。前两句中，诗人认为当时还没有出现才华能力可以超越陈子昂以及初唐四杰的大诗人。后两句写道，一般作者虽有可取之处，能够作一些浓丽纤巧的诗文，但也不过是像翡翠飞翔在兰花之上，空有形色，流于轻薄柔弱，缺乏如同鲸鱼碧海般雄健的笔力和壮美的气魄。诗人批评了那些不负责任地胡乱糟蹋前贤的现象，指责这些人自己的作品不过是一些翡翠戏兰苕一般的货色，而没有掣鲸鱼于碧海那样的伟著。

背景

魏晋六朝是中国文学由质朴趋向华彩的转变阶段。丽辞与声律，在这一时期得到急剧的发展，诗人们对诗歌形式及其语言技巧的探求，取得了很大的成绩。如何评价庾信和四杰，是当时诗坛上论争的焦点所在。于是，在唐肃宗上元二年（761），杜甫创作了《戏为六绝句》，表达了自己的观点。

名家点评

〔宋〕张戒：其云“或看翡翠兰苕上，未掣鲸鱼碧海中”，若子美真所谓掣鲸鱼碧海中者也，而嫌于自许，故皆题为“戏句”。(《岁寒堂诗话》)

〔明〕王嗣奭：或看翡翠于兰苕，未掣鲸鱼于碧海，采春华而忘秋实，此文人通病，其轻薄前辈以此。(《杜臆》)

皇甫冉

皇甫冉（约717—约771），字茂政，祖籍甘肃泾州，出生于润州丹阳（今江苏镇江）。皇甫冉才华横溢，佳作颇多。其诗多写离乱漂泊、宦游隐逸、山水风光。诗风清逸俊秀。

明日开金箓，焚香更沐兰

宿洞灵观

唐·皇甫冉

孤烟灵洞远，积雪满山寒。
松柏凌高殿，莓苔封古坛。
客来清夜久，仙去白云残。
明日开金箓，焚香更沐兰。

注释

灵洞：仙洞。
清夜：清静的夜晚。
金箓：仙册。

简析

这首诗描写了雪后的山中道观。

“孤烟灵洞远，积雪满山寒”是诗人从远处眺望所见之景。从远处看，一缕袅袅青烟缓缓升起，使远处的洞穴看起来仿佛仙洞一般虚无缥缈。“积雪满山寒”衬托了这种仙境一般的景象，由于刚刚下过大雪，满山都是皓白的积雪，这种白茫茫的世界更让人觉得身处仙境，与俗世隔绝。“松柏凌高殿，莓苔封古坛”是诗人走近道观之后对道观的观察，道观两旁的苍松翠柏挺拔而生，凌驾于殿堂之上，用于祭祀的古坛两旁长满了青苔，暗示了古坛历史久远。“客来清夜久，仙去白云残”，说明道观的客人们在夜里已经休息，夜深人静。“仙去白云残”描写了山中变幻不定的云烟，仿佛是仙人离去留下的踪迹。“明日开金箓，焚香更沐兰”，诗人也陶醉在了这仙境中，准备好好沐浴焚香，迎接明天的金箓大典。

戴叔伦

戴叔伦（732—789），字幼公，一作次公，润州金坛（今属江苏）人。少从萧颖士学，有才名。曾历任秘书省正字、东阳县令、抚州刺史、容州刺史等职。其诗多表现隐逸生活和闲情逸致，能寄深意于恬澹之中，对晚唐诗人影响尤大。一些反映民生疾苦的作品，开中唐元白新乐府的先河，也颇有特色。著作有《戴叔伦集》。

兰溪三日桃花雨，半夜鲤鱼来上滩

兰溪棹歌

唐·戴叔伦

凉月如眉挂柳湾，越中山色镜中看。
兰溪三日桃花雨，半夜鲤鱼来上滩。

注释

兰溪：又称兰江，在今浙江兰溪市境内。
棹歌：渔民行船时所唱之歌，诗人仿此体例，故称棹歌。
凉月：新月。

越中：唐代越州，指古越国之地，大致包括今浙江绍兴、杭州等地。

简析

诗题《兰溪棹歌》，为诗人采用棹歌的体例和内容所作，棹歌往往取材于自然景色、日常生活，通俗质朴。诗人以此立意，则写景重在跳脱出辞藻框架，去繁就简，彰显自然意趣。首句“凉月如眉挂柳湾”，月光清冷，仿佛有冰凉的触感，月亮弯弯，像是女子的弯眉，悬挂在柳树围聚的水湾之间，寥寥几字，一幅精致形象的工笔画作展现在眼前。“越中山色镜中看”，平静的湖面像是一面镜子，映照出越中青翠的丛山，山色的倒影是古诗中的常见意象，在诗人笔下更多了几分活泼生趣。“兰溪三日桃花雨”，兰溪三日前下了一场春雨，正值桃花初开，雨水与花瓣相间，“桃花雨”的形容优美生动，明丽春色跃然纸上。尾句“半夜鲤鱼来上滩”，夜半人静时分，湖中鲤鱼游动，鱼儿挤攘之间，几乎要跳上岸边的沙滩，诗人对动景的描绘用词更加精巧，意境清新自然，展现出春季里的勃勃生机。

背景

此诗作者为唐代诗人戴叔伦，戴叔伦善于模仿民间曲令，此诗即为其模仿吴越等地的民歌所作，诗中有画，展现了越中地区生机盎然的春日风光。

权德舆

权德舆（759—818），唐代文学家，字载之，天水略阳（今甘肃秦安东北）人，名士权皋子。幼颖悟，三岁知变四声，四岁能为诗。唐德宗时，召为太常博士，改左补阙，迁起居舍人、知制诰，进中书舍人。唐宪宗时，拜礼部尚书、同中书门下平章事，后徙刑部尚书，复以检校吏部尚书。

云公兰若深山里，月明松殿微风起

题云师山房

唐·权德舆

云公兰若深山里，月明松殿微风起。
试问空门清净心，莲花不着秋潭水。

注释

兰若：即阿兰若，佛教名词，原意是森林，引申为“寂静处”，远离喧嚣之地，有些房子可供修道者居住静修之用，或一人或数人，也泛指一般的佛寺。

松殿：高大华美的屋宇。唐王勃《九成宫颂》：“茅宫蔽雨，松殿来云。”

简析

这首诗起句很直白，没有任何的雕饰，和要表达的主题非常相契，都是平淡安宁。诗的第二句没有具体描述山深何处，诗人用“月明松殿微风起”营造出身在深山的感受，让读者立刻心随文人，身临其境。这样的描述比直接形容山如何深，夜如何静，更加强烈明显。

后两句“试问空门清净心，莲花不着秋潭水”，写出了该诗的主题，将清净心比作不着秋水的莲花。《金刚经》有云：“诸菩萨摩诃萨应如是生清净心，不应住色生心，不应住声、香、味、触、法生心。”从这里看，清净心就是无执着之心，不住于色声香味触法，不是说没有了这六尘，而是指不执着于这六尘。不执着即清净。如莲花出水不染水，并不是没有水。如果没有水，莲花也没有了。生死即涅槃，烦恼即菩提。生死涅槃，烦恼菩提，其体性是一个。这就如同禅宗六祖惠能法师所云：“佛法在世间，不离世间觉。离世觅菩提，恰如求兔角。”

王　播

王播（759—830），字明敭（同“扬”），太原（今山西太原）人。贞元（785—805）中擢进士，举贤良方正异等。长庆初，历进中书侍郎、同中书门下平章事。太和初，拜司徒，又迁左仆射，封太原郡公。卒，谥曰敬。工书，尝书唐凤翔尹李晟为国修寺碑。

三十年前此院游，木兰花发院新修

题木兰院二首（其一）

唐 · 王播

三十年前此院游，木兰花发院新修。
如今再到经行处，树老无花僧白头。

注释

经行：行程中经过。

白头：形容年老。

简析

此诗运用了对比的手法，用木兰花、庙宇的三十年间由盛而衰的变化来突出人、事沧桑之变。前两句写道，三十年前来到此院游览，木兰花开得正好，寺院也是新修的。而今再次经过此处，树木已经老朽，院内再无花开，当年的僧人也已到暮年。

背景

王播家境贫寒，年少时曾在当地一个名叫惠昭寺木兰院的僧寮里借读。多年后，在官场春风得意的王播，恰好被派往江苏任军政长官。其间，他忽想到曾经借住过的寺院，便故地重游。回想起当年的情景，不由得感慨万千，故作此诗。

名家点评

〔清〕黄叔灿：旧游之感，恻恻动人。(《唐诗笺注》)

俞陛云：播虽贵显，诗句笼纱，时旧院花凋，山僧老去。三十年禅院重来，觉人似秋鸿，事如春梦矣。(《诗境浅说续编》)

韩 愈

韩愈（768—824），字退之，河南河阳（今河南孟州）人。韩愈是唐代古文运动的倡导者，被后人尊为“唐宋八大家”之首，与柳宗元并称“韩柳”。他提出的“文道合一”“气盛言宜”“务去陈言”“文从字顺”等散文的写作理论，对后人很有指导意义。韩愈的诗，风格多样，气势雄伟，想象丰富，形象奇特。

不采而佩，于兰何伤

猗兰操

唐·韩愈

兰之猗猗，扬扬其香。
不采而佩，于兰何伤。
今天之旋，其曷为然。
我行四方，以日以年。
雪霜贸贸，荠麦之茂。
子如不伤，我不尔觏。

荠麦之茂，荠麦之有。
君子之伤，君子之守。

注释

猗猗：长且美好的样子，形容兰的叶姿优雅绰约。

扬扬：高举，往上升腾。

旋：旋转乾坤，政局大转变。本诗婉指遭贬。

曷：为什么。

为：是，成为。

然：这样。

以日以年：日复一日，年复一年。

子：兰花。

覯：训诂为“姤卦”，《姤卦·彖词》云：“天地相遇，品物咸章也。刚遇中正，天下大行也。”天下大同之时，还需要等待更好的时机吗？不需要，因为时时是机遇，处处是和谐。本句在极力夸奖《周南》《召南》中描述的“执政理论”。

有：特有，独有。

伤：困难。

守：克服。

简析

本诗前四句，描写兰花开时，远远地就能够闻到它的幽香，就算人们不采摘兰花把它佩戴在身上，对兰花而言有什么损伤呢？它也不会为此而难过。意指自己虽然不被重用，遭到谗诟，却也心怀坦荡。

三、四句写的是，今日的变故，不是“我”的过错，也无须介怀。“我”常年游历在外，日复一日，年复一年。后面几句写的是，在隆冬严寒时节，荠麦却开始茂盛地生长，一派生机盎然的景象。既然荠麦都能够无畏寒冬，那么不利的环境对我又有什么关系呢？荠麦在寒冬生长是它独有的特性，君子在世间遇到的困难也必然是他能够克服的。

作者从兰花的习性，以及荠与麦的生长特性上，获得了精神上的鼓舞。他希望自己能够像幽兰一样，不以无人而不芳；也希望自己如荠麦一样，迎贸贸雪霜而萌发。君子的遭遇，正是表现君子高尚操守的时候。

背景

韩愈的《猗兰操》是他遭贬潮州（今广东省潮州市）期间所作。唐宪宗信佛，公元819年，派遣中使去陕西凤翔法门寺迎一块佛骨，沿途修路盖庙，官、商、民等皆舍物捐款。韩愈看不惯这种劳民伤财的行为，写下了著名的《谏佛骨表》。宪宗皇帝看后大怒，即刻要将韩愈斩首。后因宰相裴度及朝中大臣力谏，韩愈才免一死，被贬到海边偏僻小城潮州当刺史。

韩愈被贬为潮州刺史时已年过半百，潮州在当时被认为是瘴疠之地，韩愈的心境极其恶劣甚至抱有必死之心。韩愈更伤感的还是“时人暗蔽，不知贤者”的世道。韩愈非常忧伤，悲怆莫名，终于挥就《猗兰操》一首，直抒胸臆。

白居易

白居易（772—846），字乐天，晚年号香山居士、醉吟先生。祖籍太原，后迁居下邽（今陕西渭南）。

白居易是一位伟大的现实主义诗人，也是唐代新乐府运动的倡导者，其有3000首诗歌传世，是唐代诗人中作品流传最多的一位。其诗作语言通俗，传说老妪也能听懂。与元稹常相唱和，世称“元白”。有《白氏长庆集》。

种兰不种艾，兰生艾亦生

问友

唐·白居易

种兰不种艾，兰生艾亦生。
根荄相交长，茎叶相附荣。
香茎与臭叶，日夜俱长大。
锄艾恐伤兰，溉兰恐滋艾。
兰亦未能溉，艾亦未能除。
沉吟意不决，问君合何如？

注释

艾：萧艾。

根荄：植物的根。

简析

全诗体裁形式为五言律诗。这是一首寄寓深意的诗，前面六句主要描写兰花和萧艾的生长状态，即同生并茂、相互纠缠、茎叶相互依附。“锄艾恐伤兰，溉兰恐滋艾”一句，道出了作者内心的困惑：想锄掉艾草，又怕伤了兰花；想给兰花浇灌，有担心助长了萧艾。结果，兰花没有得到灌溉，萧艾也没有锄掉。作者反复思量不知如何抉择，希望友人能够帮忙出个主意，给一个满意的答案。

背景

这首诗大约作于元和元年（806）至元和六年间，当时作者在长安。这是一首寄寓深意的诗，作者表面在写兰艾并生，根荄相互纠缠，茎叶相互依附，其实有隐喻在其中。虽然诗中没有明确指出，可如果了解白居易所处的时代，就会明晰，真正让他困惑、沉吟未决的，其实是君臣关系。

皮日休

皮日休，晚唐文学家。字逸少，后改袭美。襄阳（今属湖北）人。早年居鹿门山，自号鹿门子、间气布衣等。唐懿宗咸通八年（867）进士，曾任太常博士。后参加黄巢起义军，任翰林学士。旧史说他因故为黄巢所杀。一说黄巢兵败后为唐室所害。或谓黄巢败后流落江南病死。诗文与陆龟蒙齐名，人称“皮陆”。部分诗篇，暴露统治阶级的腐朽，反映人民所受的压迫和剥削，继承了白居易新乐府的传统。有《皮子文薮》。

艳骨已成兰麝土，宫墙依旧压层崖

馆娃宫怀古

晚唐・皮日休

艳骨已成兰麝土，宫墙依旧压层崖。
弩台雨坏逢金镞，香径泥销露玉钗。
砚沼只留溪鸟浴，屟廊空信野花埋。
姑苏麋鹿真闲事，须为当时一怆怀。

注释

馆娃宫：越王勾践献西施，吴王夫差于灵岩山建馆娃宫以居，有琴台、西施洞、响屧廊、浣花池、玩月池、吴王井和划船坞等遗址。灵岩山寺即馆娃宫遗址。

兰麝土：言泥土如兰麝。

香径：苏州胜迹采香径的省称。采香径为香山旁的小溪，春秋时吴王种香于香山，使美人泛舟于溪以采香。

砚沼：又称上方池，在灵岩山顶，一说即玩花池。

简析

诗的前两句设定了全诗的场景，也就是吴王夫差曾经为西施筑的馆娃宫，诗人怀古伤今，美人的艳骨已经化成兰麝之土，当年的宫墙依旧压着层层石崖。三、四句从弩台和香径两个有代表性的遗迹来描写馆娃宫古迹的现状，弩台因受风雨侵蚀坏了箭头，香径中的泥土冲散露出古玉钗，突出了如今的破败景象，感叹即便再奢华繁华，也已是过眼云烟。

五、六句承接上联，选取砚沼、屧廊两个典型遗址，进而描写其他古迹的现状：砚沼池里如今只有溪鸟在洗浴，响屧廊徒然让山中野花掩埋。诗人用“只”和“空”凸显了强烈的感伤之意。最后两句，运用“荒台麋鹿”这一典故，追怀伍子胥对吴王夫差的谏言，吐露朝代兴废、世事无常的感慨。

诗人对西施充满了同情，面对吴国王宫废墟，抒发了思古之幽情。诗人借古讽今，对历史作出了沉痛的评价和反思，认为西施是个没有选择、只能充当政治牺牲品的女子，对她的悲剧表示了深沉的感叹。

背景

馆娃宫是春秋时期的吴宫名，是吴王夫差建造的宫殿，故址在今苏州市西南灵岩山上。宫以西施得名。吴王夫差作宫于砚石山以馆西施。吴人谓美女为娃，故曰馆娃。吴败越后，相传越王采用大夫文种的建议，把苎萝山“鬻薪”女子西施献于吴王，“吴王悦”。伍子胥力谏，吴王不听。后越师袭吴，乘胜灭了吴国。《馆娃宫怀古》是皮日休任苏州刺史从事时所作。

名家点评

〔明〕谢榛：九佳韵窄而险，虽五言造句亦难，况七言近体。押韵稳，措词工，而两不易得。自唐以来，罕有赋者。皮日休、陆龟蒙《馆娃宫》之作，虽吊古得体，而无浑然气格，窘于难韵故尔。(《四溟诗话》)

〔清〕陆次云：“金镞”“玉钗”，怀古不粘不脱，必以吴越事实之，真笨伯矣。(《五朝诗善鸣集》)

〔清〕朱三锡：朱东岩曰：一起劈云：“艳骨已成兰麝土，宫墙依旧压层崖。”读之真可为英雄下泪也。(《东岩草堂评订唐诗鼓吹》)

柳宗元

柳宗元（773—819），字子厚，汉族，河东（现山西运城永济一带）人，唐宋八大家之一，唐代文学家、哲学家、散文家和思想家，世称“柳河东”“河东先生”，因官终柳州刺史，又称“柳柳州”。柳宗元与韩愈并称为“韩柳”，与刘禹锡并称“刘柳”，与王维、孟浩然、韦应物并称“王孟韦柳”。有《河东先生集》，代表作有《溪居》《江雪》《渔翁》。

桂州西南又千里，漓水斗石麻兰高

寄韦珩·节选

唐·柳宗元

初拜柳州出东郊，道旁相送皆贤豪。
回眸炫晃别群玉，独赴异域穿蓬蒿。
炎烟六月咽口鼻，胸鸣肩举不可逃。
桂州西南又千里，漓水斗石麻兰高。
阴森野葛交蔽日，悬蛇结虺如蒲萄。

注释

“初拜”句：指自己出任柳州刺史，文友送别的情景。

群玉：一指韦珩字群玉，或解作群贤。

简析

诗的前两句，描写的是诗人出任柳州刺史，文友们为其送别时的情景。告别了群贤之后，他独自一个人踏上了前往柳州的路。一路南下，他看到的景象不寒而栗，加之六月的天气酷热，让人感觉胸闷气喘，举目所见都是大树野葛，参天蔽日。在大树野葛上，随时都能够看到悬挂盘结如葡萄的毒蛇。这里的病毒肆虐，环境实在令人难以忍受。炎热，瘴疠严重，心情沉闷。在他看来，岭南的山水如何也称不上一个“美”字。

背景

此诗是柳宗元到任柳州数天后，大致了解了当地的情况，给学生韦珩写的一首长诗予以介绍。当时的柳州还是一片荒蛮之地，穷山恶水，古木参天，在古木野葛之间，到处都是毒蛇猛兽，瘴疠雾气，诗中描述的大致都是这样的景象。

名家点评

〔清〕汪森：奇崛之气亦略与昌黎同，然韩诗高爽，柳诗沉郁，若老杜则兼之矣。(《韩柳诗选》)

破额山前碧玉流，骚人遥驻木兰舟

酬曹侍御过象县见寄

唐 · 柳宗元

破额山前碧玉流，骚人遥驻木兰舟。
春风无限潇湘意，欲采苹花不自由。

注释

酬曹侍御过象县见寄：接受别人寄赠作品后，以作品答谢之。

碧玉流：形容江水澄明深湛，如碧玉之色。

采苹花：南朝柳恽《江南曲》：“汀洲采白苹，日暮江南春。洞庭有归客，潇湘逢故人。”此句言欲采苹花赠给曹侍御，但却无此自由，是感慨自己谪居的处境险恶，连采花赠友的自由都没有。

简析

这是柳宗元作的一首七绝诗，通过怀念友人而又无法相见引发的深深遗憾，曲折地表现出诗人渴望自由却求而不得的矛盾心情。诗的前两句，是曹侍御过象县的时候作诗给作者，后两句则是作诗酬答。

破额山前，美玉一样的碧绿江水向东流，作者将曹侍御称为“骚人”，意指在这样优美的环境下，“骚人”本可以一边赶路一边欣赏风景，而此时“骚人”却“遥驻”木兰舟于“碧玉流”之上，怀念起贬谪柳州的友人，望着江水兴叹。接着，作者把“潇湘”和“骚人”联系起来，怀念故人。意思是说，你赠的诗犹如春风拂面，引发了我无限的深情思念；我多想采一束苹花给你，却因官事缠身而不得自由。

全诗比兴并用，虚实相生，能够唤起读者的许多联想。结合作者被贬谪的原因、经过和被贬以后继续遭受诽谤、打击，动辄得咎的处境，它亦有言外之意。

背景

此诗作于地点不详，确年不详。柳宗元的友人曹侍御乘船路过象县，距离柳州的治所马平县（今柳州市）并不很远，但二人只能以诗相互赠酬交流情谊，其中必有难言之隐。

名家点评

〔明〕唐汝询：山前水碧，侍御停舟于此，我之感春风而怀无限之思者，正欲采苹潇湘，以图自献，乃拘于官守不自由也。(《唐诗解》)

〔清〕沈德潜：欲采苹花相赠，尚牵制不能自由，何以为情乎？言外有欲以忠心献之于君而未由意，与《上萧翰林书》同意，而词特微婉。(《唐诗别裁》)

李德裕

李德裕（787—850），字文饶，赵郡赞皇（今河北赞皇）人，唐代政治家、文学家、战略家，牛李党争中李党领袖，中书侍郎李吉甫次子。历任校书郎、监察御史、翰林学士、中书舍人、浙西观察使、兵部侍郎、郑滑节度使、西川节度使、兵部尚书、中书侍郎、镇海节度使、淮南节度使等职。他历仕宪宗、穆宗、敬宗、文宗四朝，一度入朝为相，但因党争倾轧，多次被排挤出京。

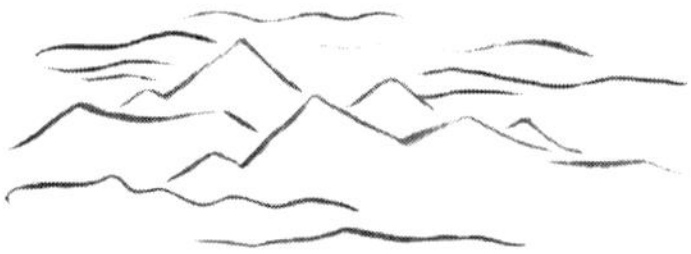

楚客重兰荪，遗芳今未歇

春暮思平泉杂咏二十首 · 芳荪

唐 · 李德裕

楚客重兰荪，遗芳今未歇。
叶抽清浅水，花照暄妍节。
紫艳映渠鲜，轻香含露洁。
离居若有赠，暂与幽人折。

注释

楚客：特指屈原忠而被谤，身遭放逐，流落他乡，故称“楚客”。

荪：一种香草。

遗芳：遗留的芳香，也指前人留下的盛德美名。

歇：停止。

暄妍：天气晴和，景物鲜媚。

离居：离开居处，流离失所。

幽人：隐士。

简析

诗以“楚客”屈原爱兰写起，赞誉他有兰花一样的情操，盛德美名一直流传至今。三、四句描写的是，兰花用细长的叶子拍打着溪水，花在天气晴朗的日子里显得格外鲜艳。后四句写的是，兰花鲜艳的色彩把水映射出了颜色，散发着淡淡的清香。离开居处，不妨向山中隐士折一些兰花，赠给同心之人。

名家点评

〔唐〕李商隐：成万古之良相，为一代之高士。

兰气入幽帘，禽言傍孤枕

思山居一十首·思乡园老人

唐·李德裕

常羡荜门翁，所思惟岁稔。
遥知松月曙，尚在山窗寝。
兰气入幽帘，禽言傍孤枕。
晨兴步岩径，更酌寒泉饮。

注释

荜门：用竹荆编织的门，常指房屋简陋破旧。

岁稔：一年的庄稼有好收成。

松月：松间明月，多用以渲染幽然情景。

禽言：鸟鸣。

晨兴：早晨起来。

简析

诗的前两句，描写的是诗人经常会羡慕居住在荜门中的乡园老人，他要考虑的就只有一件事，即庄稼每年都能有好收成。住在乡园里，能够领略到松间明月等悠然情景，天破晓之际在靠窗的寝室中，嗅着飘进来的兰花香气，听着叽叽喳喳的鸟鸣。早晨起来去岩间小路散步，去喝一口清凉的山泉，无不惬意！

名家点评

〔唐〕孙光宪：愚曾览太尉《三朝献替录》，真可谓英才，竟罹朋党，亦独秀之所致也。

〔宋〕范仲淹：李遇武宗，独立不惧，经制四方，有相之功，虽奸党营陷，而义不朽矣。

李 贺

李贺（约791—约817），字长吉，唐代河南福昌（今河南洛阳宜阳县）人，有“诗鬼”之称。李贺的诗作想象极为丰富，经常通过神话传说来托古寓今。其诗刻意锤炼语言，造语奇隽，凝练峭拔，色彩浓丽。代表诗作有《雁门太守行》《李凭箜篌引》等。

长眉越沙采兰若，桂叶水荇春漠漠

湖中曲

唐·李贺

长眉越沙采兰若，桂叶水荇春漠漠。
横船醉眠白昼闲，渡口梅风歌扇薄。
燕钗玉股照青渠，越王娇郎小字书。
蜀纸封巾报云鬟，晚漏壶中水淋尽。

注释

长眉：修眉，女子。

横船：曾本、二姚本作“横倚”。

燕钗：燕形玉钗。

青渠：清渠。

娇郎：娇娘。

蜀纸：蜀中笺纸。

壶中：铜壶。

简析

此诗描写的是越地风情。前四句写的是，春光烂漫，莛草蔓生，长眉少女越过沙滩来采集幽兰杜若。古渡无人，小船横斜，风轻轻地吹拂，歌扇轻轻地摇动。后四句写的是，少女对着清清的河渠，修补着自己的妆容。谁家翩翩少年郎，一见倾心，把情愫都书写在蜀纸上，用玉帕包裹着投给少女，邀约夜晚漏尽时相会。这首诗写得很精巧，诗人在八句诗中安排了多幅画面，相互穿插配合，巧妙地描绘出了江南风土与人情之美。诗中的人物轻盈柔曼，景物清新明艳，让人领略到江南暮春的旖旎风光。

背景

李贺生前曾经到江南游览，时间虽不长，但江南的秀丽景色激发了他的灵感和雅兴，令其创作出不少优美的诗篇，《湖中曲》就是其一。

名家点评

〔清〕姚文燮：此即追咏范蠡五湖也。长眉指西子，越沙即越来溪。言西子自吴破后，春尽昼闲，别无事事。渡口临流，回忆歌舞旧地，燕钗照耀，犹是吴王所赐。越王娇郎，指蠡也。西子媚吴，皆越王与蠡指使。“小字书”，密授以计。“蜀

纸封巾"，自吴亡后，蠡意谓无以为报。漏残水尽，恐芳时难再，自此遂谋与为五湖游矣。(《昌谷集注》卷二)

〔清〕王琦：诗言长眉之女，行越沙渚而采芳草。乃芳草不见，唯见桂叶水荬漠漠其间，于是醉眠横船之内，消此闲昼，微摇歌扇于渡口梅风之中。(《李长吉歌诗汇解》卷二)

幽兰露，如啼眼

苏小小墓

唐·李贺

幽兰露，如啼眼。
无物结同心，烟花不堪剪。
草如茵，松如盖。
风为裳，水为珮。
油壁车，夕相待。
冷翠烛，劳光彩。
西陵下，风吹雨。

注释

苏小小：《乐府广题》记载："苏小小，钱塘名倡也，盖南齐时人。"

结同心：用花草或其他东西打成连环回文样式的结子，表示爱情坚贞如一。

烟花：此处指墓地中艳丽的花。

茵：垫子。

油壁车：妇人所乘的车，车身为油漆为饰。

冷翠烛：磷火，俗称鬼火，有光无焰。

简析

李贺的这首诗，以苏小小的故事为题材，通过写“鬼”来写人，描写现实生活中人的感情，全诗中寄寓着作者独特的身世之感。整首诗中的“鬼魂”，实际上只是一种形式，所反映的是人世的内容，呈现的也是人的思想感情。

诗的前四句是直接刻画苏小小的形象，那兰花上缀着的露珠，犹如她含泪的眼睛。生活在幽冥世界的她，没有歌声与欢乐，只有满腔的忧愁。她生前有所追求，但身死之后，这种追求落空了，生死悬隔，再没有什么东西可以结同心，坟上那些野花野草，也不堪剪来相送，一切都成了泡影。这种心绪，恰恰是“啼”字的内在根据。

中间六句，写苏小小鬼魂的穿着和使用物品：轻轻绿草，像是她的茵褥；亭亭青松，像是她的伞盖；春风吹拂，是她的衣袂飘飘；流水潺潺，是她的配饰声响。她生前乘坐过的油壁车，如今还在等着她去赴“西陵松柏下”的幽会。这部分对应前面的“无物结同心”，写出了物是人非的景象，令人触景伤怀。

最后四句描写西陵之下的凄风苦雨，意思是说，有情人若不能相会，翠烛就如同虚设。有烛而无人，更凸显出凄凉。这里用景物描写渲染哀怨的气氛，烘托出人物孤寂清冷的心境。

背景

苏小小是六朝时南齐钱塘的著名歌妓，长相秀丽，举止端庄，聪颖慧敏，颇具才华，出口皆成佳句。她只活了短短二十年，死后葬于钱塘江畔的西陵。此诗是作者联想苏小小生前其人，以及死后其鬼所写的一首诗篇。

名家点评

〔清〕黎简：通首幽奇光怪，只纳入结句三字，冷极鬼极。诗到此境，亦奇极无奇者矣。(《李长吉集》)

〔清〕姚文燮：兰露啼痕，心伤不偶。风尘牢落，堪此折磨。迄今芳草青松，春风锦水，不足仿佛嫘妍。若当日空悬宝车，烧残翠烛，而良会维艰，则西陵之冷雨凄风，不犹是洒迟暮之泪耶？贺盖慷慨系之矣。(《昌谷集注》)

杜 牧

杜牧（803—852），字牧之，京兆万年（今陕西西安）人。杜佑孙。大和进士，曾为江西观察使、宣歙观察使沈传师和淮南节度使牛僧孺的幕僚，历任监察御史，黄、池、睦诸州刺史，后入为司勋员外郎，官终中书舍人。诗文多指陈时政之作。写景抒情诗多清丽生动。其诗在晚唐成就颇高，后人称杜甫为“老杜”，称其为“小杜”。又与李商隐并称“小李杜”。有《樊川文集》二十卷。

兰溪春尽碧泱泱，映水兰花雨发香

兰溪

唐 · 杜牧

兰溪春尽碧泱泱，映水兰花雨发香。
楚国大夫憔悴日，应寻此路去潇湘。

注释

兰溪：蕲水别名。在今湖北省境内，源于黄州箬竹山，流经蕲水县，岸上多兰花，故名。

泱泱：水深广貌。

楚国大夫：指屈原，他曾任楚国的三闾大夫，后被放逐，行吟泽畔，形容憔悴。

潇湘："潇湘"不单意指湘水，也被诗人们衍化为地域名称。

简析

诗的前两句，描物以蓄势。作者从大处描写兰溪春水，用了一个"碧"字：阳春三月，春意盎然，溪水碧绿。第二句，从小处描写水畔的兰花，用了一个"香"字：岸上兰花，倒映在水中，春雨细柔，兰香幽幽。春水碧绿，春兰生香，多么令人惬意的春景啊！

按照常理来说，诗人看到这样一番美景，应当是心旷神怡才对。然而，诗的后两句，作者却开始咏史以抒怀。通过兰溪景色的描写，想到了屈原有可能从此路去湘江的历史片段，感叹自己怀才不遇、报国无门的惆怅。

背景

《兰溪》是作者下任湖北黄州刺史时作（唐武宗会昌二年，842），诗人即将不惑，感触良多。

名家点评

富寿荪：兰溪为古楚地，又因兰花而念及屈原，杜牧怀才不遇，远守江郡，故借以抒慨。(《千首唐人绝句》)

十顷平湖堤柳合，岸秋兰芷绿纤纤

怀钟陵旧游四首（其三）

唐·杜牧

十顷平湖堤柳合，岸秋兰芷绿纤纤。
一声明月采莲女，四面朱楼卷画帘。
白鹭烟分光的的，微涟风定翠湉湉。
斜辉更落西山影，千步虹桥气象兼。

注释

的的：的确，明确。

湉湉：水平静貌。

虹桥：拱曲如虹的长桥。

简析

此诗抒发了作者对旧游的感触。钟灵之地，有滕王阁之名胜，此处有垂楼万幕，有破浪千帆。偌大的平湖与堤上的柳树联合成一体，岸上的兰花芷若正繁茂，随风而动。采莲的女子、四周华美的朱楼、白鹭和烟光，以及微风吹动湖面荡起的涟漪，配着傍晚的夕阳，这绝美的景色，让诗人沉醉不已，流连忘返。

背景

作者在回忆旧游钟陵时所作的诗篇。

名家点评

〔明〕陆时雍：语气铮铮，叠字三见。(《唐诗镜》)

〔清〕黄叔灿：此赋湖上景色，宛城图画，风流俊逸，真是牧之本色。“辉”一结，炼句亦奇。(《唐诗笺注》)

陶菊手自种，楚兰心有期

将赴湖州留题亭菊

唐·杜牧

陶菊手自种，楚兰心有期。
遥知渡江日，正是撷芳时。

注释

湖州：州、路、府名。

撷芳：这里指采摘菊花。

简析

这首诗很短，表达的意思也很简单，诗人要离任，等到自己到达湖州任上时，亭子里的菊花刚好开放，诗人一时兴起，故作此诗。

前两句把兰花与古人联系起来，给自己栽种的菊花增添了一抹文化色彩，意味着如同隐居的陶潜那样有气节风骨。诗人由菊想到兰，就像屈原在《离骚》中比拟的那样，期望自己种植的兰蕙不为污浊的人世所玷污。诗人种菊的心境与期盼，和屈原种兰是一样的。

后两句凸显出诗人对菊花的重视，此时已经是秋天，诗人想象着自己出发赴任，大约就在渡过长江的时候，正是自己手种的菊花盛开的时节。这既表现出诗人对菊花的留恋，也暗含着一种情愫：即使再怎么远离，不能亲手采摘，其风范却永远留在心中，可见诗人在这里暗寓有承袭陶潜、屈原等先贤遗留下的芳泽之意。

背景

这首诗写于唐宣宗大中四年（850），是诗人即将离开长安到湖州赴任时所作。

名家点评

胡可先：杜牧以手种陶菊、心期楚兰，表明自己高洁的志趣。

李商隐

李商隐（约813—约858），字义山，号玉谿生，又号樊南山，唐代怀州河内（今河南沁阳）人。生于今河南荥阳，与杜牧合称“小李杜”，与李白、李贺合称“三李”。其诗擅长律诗、绝句，富于文采，风格独特，但诗文多用典故，意旨隐晦。有《李义山诗集》存世。

湘泪浅深滋竹色，楚歌重叠怨兰丛

潭州

唐·李商隐

潭州官舍暮楼空，今古无端入望中。
湘泪浅深滋竹色，楚歌重叠怨兰丛。
陶公战舰空滩雨，贾傅承尘破庙风。
目断故园人不至，松醪一醉与谁同？

注释

潭州：唐代为湖南观察使治所，在今湖南长沙市。

无端：无缘由。

湘泪：传说舜南巡死于苍梧之野，他的两个妃子哭舜，泪滴竹上，遂生斑点，称湘妃竹。

楚歌：屈原所作楚辞，其中多咏及兰草。

陶公：指东晋陶侃，其墓在今湘潭。

贾傅：贾谊，曾为长沙王太傅。

承尘：唐代以前没有天花板，房梁横木之上用遮布挡灰。

松醪：以松花酿成的酒。

简析

开篇前两句，“潭州官舍暮楼空，今古无端入望中”，意即傍晚看到潭州官舍里人去楼空，没来由地陷入伤今吊古的情怀中。

中间四句，诗人引用了一系列的典故。

“湘泪”就是指传说的舜帝南巡，到了现在湖南一带的湘江，后来溺水死了，他的两个妃子一直追到湘江边，泪水洒在竹子上，就变成湘竹的斑点，湘泪，这里就是说湘泪或浅或深，还滋润着竹子的颜色。

“楚歌重叠怨兰丛”中，楚歌指的是屈原写的《离骚》《九歌》《九江》等，连绵不绝的楚歌，至今声音还在回荡，对着兰丛发出幽怨之声。

“陶公战舰空滩雨”，陶公指东晋太守陶侃，他用运输船当作战舰来作战，所向无敌。现在陶公的战舰已经没有了，只见空荡荡的沙滩上，飞下了雨水。

“贾傅承尘破庙风”，贾谊是西汉一个很有才华的文人，因为得罪权臣，被贬到湖南长沙，当长沙王的老师、太傅，所以叫贾傅。贾谊的庙，承尘就是承接尘土的天花板，现在贾谊庙上都很破烂，只回荡着一些风吹着天花板发出的声音。

最后两句，满含着作者因“目断故园人不至”的悲伤与痛饮述怀的感慨。

背景

这首诗是一首讽喻诗，作于大中二年五月由桂林北返途中。

名家点评

〔清〕胡以梅：此义山平铺直叙之作。中间四句皆用望中本地风光，是承古；结句是承今也。(《唐诗贯珠》)

〔清〕陆次云：次句作领，中四句所谓“今古无端”，无叠床架屋之迹。(《五朝诗善鸣集》)

萼绿华来无定所，杜兰香去未移时

重过圣女祠

唐·李商隐

白石岩扉碧藓滋，上清沦谪得归迟。
一春梦雨常飘瓦，尽日灵风不满旗。
萼绿华来无定所，杜兰香去未移时。
玉郎会此通仙籍，忆向天际问紫芝。

注释

梦雨：迷蒙细雨。

尽日：犹终日，整天。

忆：此言想往、期望。

简析

本诗的首联是由眼见的景物生出感慨：“白石岩扉碧藓滋，上清沦谪得归迟。”诗人先写“圣女”的居处，“白石岩扉”的幽清与洁净正暗合着她高洁清丽的气质与风神。而“白石”与“碧藓”的对衬，又鲜明地衬托出环境的萧瑟与荒凉。这种环境气氛，正暗示出圣女“上清沦谪得归迟”的身份和遭际。面对苔藓斑驳的石扉，诗人不能不由圣女的遭际中引起强烈的共鸣，在孤寂落寞的心境中唱出那饱受冷落与排斥的不平心声。

自颔联以下，诗人将自己的身世悲感与所歌咏的对象完全融合了起来，借圣女的口吻来诉说那无尽的幽怨“一春梦雨常飘瓦，尽日灵风不满旗。”“梦雨”即如烟的春雨。以其飘忽不定，似有若无，便给人一种梦幻般的感受。

诗人是在赴京途中暂时驻鞭于此，他所见到的春雨飘瓦、灵风鼓旗自然只是片刻间的景象，但他却萌发出一种“尽日”不满，“一春”常飘的感受，这种时空观念上的错觉，使诗句对细雨轻风态势的描绘达到了出神入化的境地。

诗的后两联写法与上两联不同，大致上是取反衬的笔法。一是以来去自由的仙人们反衬，二是以圣女昔日的仙境生活反衬。“萼绿华来无定所，杜兰香去未移时。”萼绿华和杜兰香都是传说中的仙女。说萼绿华“来无定所”，可见和沦谪人间后困守一方的圣女不同；说杜兰香“去未移时”，则恰与圣女的“得归迟”形成鲜明的对照。这样，就多侧面地写尽了圣女沦谪无援、寂寞长守的艰难处境，淋漓尽致地倾诉出内心的不平与哀怨。但孤独的处境和长久的等待并不意味着幻灭，相反，理想的火焰总在寂寞中燃烧。昔日天宫的生活依旧时时闯入她的记忆里，激励着，也支撑着她那朦胧的希望与期待。“玉郎会此通仙籍，忆向天阶问紫芝。”当年圣女登临仙界时，就是玉郎援引的，她对这位仙官怀着怎样的感激与眷恋呵。可那毕竟已成过去，一个“忆”字，说尽今昔区变。从当年与今日的极大反差中，透露出天差地别的沧桑之感，也使全诗前后回环，首尾圆合，十分精妙。而诗人自身的感受也就极自然地融入其中。

背景

题内的“圣女祠”，或以为实指陈仓（今陕西宝鸡市东）与大散关之间的圣女神祠。唐文宗开成二年（837）冬，兴元军节度使令狐楚病卒，李商隐随丧回长安，途经这里，曾作《圣女祠》诗。据张采田《玉谿生年谱会笺》，唐宣宗大中九年（855）末至大中十年（856）初，东川节度使柳仲郢奉调还朝，李商隐又随自梓州返回长安，再次往返这里。于是写此诗寄托感慨，因题作“重过圣女祠”。

名家点评

〔宋〕吕本中：东莱公深爱义山“一春梦雨常飘瓦，尽日灵风不满旗”之句，以为有不尽之意。(《紫微诗话》)

〔清〕纪昀：前四句写圣女祠，后四句写重过。盖于此有所遇，而托其词于圣女。(《玉谿生诗说》)

〔清〕胡本渊：“一春梦雨常飘瓦，尽日灵风不满旗”，写得迷离惝恍。(《唐诗近体》)

〔清〕施补华：“一春梦雨常飘瓦，尽日灵风不满旗”，作飘缈幽思之语，而气息自沉，故非鬼派。(《岘佣说诗》)

韦　蟾

韦蟾（？—约873），唐代诗人。又作韦瞻、韦禅，字隐珪，下杜（今陕西省西安市南）人。公元853年（大中七年）登进士第。初为徐商掌书记。咸通（唐懿宗年号，860—873）末，终尚书左丞。蟾所作诗，《全唐诗》今存十首。

贺兰山下果园城，塞北江南旧有名

送卢潘尚书之灵武

唐 · 韦蟾

贺兰山下果园城，塞北江南旧有名。
水木万家朱户暗，弓刀千队铁衣鸣。
心源落落堪为将，胆气堂堂合用兵。
却使六番诸子弟，马前不信是书生。

注释

“水木”句：渠水灌溉农田，树木绕着千家万户，红色大门被绿荫掩映阳光。

六番：即六州番落，指唐代西北的伊州、凉州、甘州、石州、渭州、熙州等地的少数民族，此处是指安置于宁夏一带的“六胡”。番，古代对中原王朝以外各族的通称。

书生：此借指卢潘。

简析

诗的前两句，介绍卢潘要去的灵武位于哪里，是何地方，贺兰山下有一座“果园城”，也就是灵武城，被称为塞北江南。三、四句写道，如此美丽的地方，发动起战争来，却是身穿铠甲的将士们出没的战场。五、六句写道，出任节度使的卢潘“心源落落”，确实像是一位能战的大将，且能够指挥千军万马。最后两句写出，如此出色的将才，让六番败在他的将军马上，他们怎么也不敢相信，卢将军还是一位博学多才的书生。

背景

大唐尚书卢潘要去灵武出任节度使，诗人韦蟾为其送别，故作此诗。诗中赞誉了灵武得天独厚的自然条件和各族人民的团结，也借此劝勉卢潘，要珍惜民族团结的大好局面。

韦 庄

韦庄（836—910），唐末五代诗人、词人。字端己，长安杜陵（今西安）人，曾经家陷黄巢兵乱，身困重围。公元883年（中和三年），在洛阳应举作《秦妇吟》，一举成名，被称作“秦妇吟秀才”。公元894年（乾宁元年）登进士第，授校书郎。后任左补阙等职。曾入蜀为王建掌书记。他的诗词都很著名，诗极富画意，词尤工。与温庭筠同为“花间派”重要词人。有《浣花集》。

红兰莫笑青青色，曾向龙山泛酒来

庭前菊

唐·韦庄

为忆长安烂熳开，我今移尔满庭栽。
红兰莫笑青青色，曾向龙山泛酒来。

注释

烂熳：同烂漫。

尔：你，指菊花。

青青色：指菊花还未开放时的颜色。

龙山：据《晋书·孟嘉列传》载，九月九日重阳节，桓温曾大聚佐僚于龙山。后遂以“龙山会”称重阳登高聚会。

简析

这首诗是韦庄创作的一首咏菊诗，借咏生长之中的菊花来表达思乡之情。前两句“为忆长安烂熳开，我今移尔满庭栽”，是诗人以面对菊花的拟人口吻说：“为了追忆长安遍地开放的盛景，我把你们（菊花）移栽到我的庭院。”后两句“红兰莫笑青青色，曾向龙山泛酒来”，同样是以拟人的口吻，转而对旁边的兰花说：“不要笑话菊花现在青青的颜色，它们会在秋天的登高欢会中开放，成为隐逸高洁之趣的象征。”由此可见，此诗实际有两重主题，一是思乡，二是赞颂菊花的高洁不俗。

背景

大概诗人有过被人轻慢的经历，故而暗以菊花相标榜，回忆起在京师的生活，才有“龙山泛酒”之比喻。借助咏菊委婉地表述了自己郁闷不平的心理。

冷朝阳

冷朝阳，唐代诗人。金陵（今江苏南京）人，登大历（唐代宗年号，766—779）进士第，为薛嵩从事。辛文房《唐才子传》称其“在大历诸才子，法度稍弱，字韵清越”，《全唐诗》存其诗十一首，《全唐诗补编》存其诗一首。

采菱歌怨木兰舟，送客魂销百尺楼

送红线

唐·冷朝阳

采菱歌怨木兰舟，送客魂销百尺楼。
还似洛妃乘雾去，碧天无际水空流。

注释

红线：相传是唐时女侠。

采菱歌：梁武帝所制乐府《江南弄》七曲之一，多写采菱女恋爱相思之情。

魂销：形容悲伤愁苦时的情状。

洛妃：又称洛神、洛嫔，即洛水之神。相传是伏羲氏之女，溺死于洛水而为洛水之神。

简析

此诗描写的是离别的惆怅之情，表现对红线女的赞美和依恋。

起句写饯别宴上的“采菱歌”，显示了酒宴上乐声的美妙，气氛的热烈。然而，一个“怨”字带来转折，欢快的情绪急转而下，木兰轻舟催着客人们上路。在“百尺”高楼上送别，凸显了送别场面的宏大，主人送客的热情，而“魂销”二字则体现了诗人心中的惆怅失落。

后两句以洛妃比喻红线女，可见红线女的秀美和不凡，体现了诗人对她的赞美。美人在茫茫烟雾中消失，蒙上了一层淡淡的神秘色彩。天地间只剩下万里碧空，滚滚江水，空自流淌。

全诗借景言情，字韵清越，词调极佳，以洛妃写红线，形神兼备，历来为人所激赏。

背景

此诗具体创作年代已不详。据袁郊《甘泽谣》载：红线初为潞州节度使薛嵩家侍女，时魏博节度使田承嗣蓄勇士，将并潞州，嵩闻之，日夜忧虑，计无所出。红线夜至魏郡，入承嗣室，取床头金盒而归。嵩因遗书承嗣，以金盒示之，承嗣惊惧，遣使谢过。一日，红线辞去，嵩不能留，乃广集宾友饯别。嵩以歌送红线，请座客冷朝阳为词。又《唐诗纪事》载：“潞州节度使薛嵩，有青衣善弹阮咸琴，手纹隐起红线，因以名之。一日辞去，朝阳为词云云。”

名家点评

〔元〕辛文房：朝阳工诗，在大历诸才子，法度稍弱，字韵清越不减也。(《唐才子传》)

〔明〕杨慎：红线，薛嵩之青衣也。有剑术，夜飞入横海军解围。嵩留之不得，会幕下诗人送之，冷朝阳此诗为冠。(《升庵诗话》)

〔明〕周埏：杨慎列为神品。语意天然，有响遏行云之态。(《唐诗选脉会通评林》)

〔清〕乔亿：词调极佳，渔洋诸绝句所本。(《大历诗略》)

俞陛云：美一人，菱歌唱罢，驾轻舟乘风竟去，剩有销魂者倚百尺高楼，望流水悠悠，碧天无际耳。诗为红线而作，不专写离别之情，而拟以洛妃之灵迹，情韵殊长。(《诗境浅说续编》)

马 戴

马戴，唐代诗人。字虞臣，唐定州曲阳（今河北省曲阳县，一说江苏省东海县或陕西省华县）人。晚唐时期著名诗人。会昌（唐武宗年号，841—846）进士。在太原李司空幕府中任掌书记，以直言获罪，贬为龙阳尉。得赦回京，终太常博士。与贾岛、姚合为诗友。擅长五律。《全唐诗》录其诗二卷。

猿啼洞庭树，人在木兰舟

楚江怀古三首（其一）

唐 · 马戴

露气寒光集，微阳下楚丘。
猿啼洞庭树，人在木兰舟。
广泽生明月，苍山夹乱流。
云中君不见，竟夕自悲秋。

注释

微阳：落日的残照。

楚丘：泛指湖南的山岭。

广泽：指青草湖，周长二百六十五里，与洞庭湖相连，是古代云梦泽的遗迹。

云中君：云神。屈原《九歌》有《云中君》篇，此处亦兼指屈原。

竟夕：整个晚上。

简析

这首诗抒发了作者对忠君爱国却报国无门的屈原的赞誉和缅怀，也抒发了自己壮志难酬的愁苦心情。前四句描写的是萧瑟的秋暮景象，以及诗人落寞的情怀。秋风摇落的薄暮时分，江上晚雾初生，楚山夕阳西下，露气迷茫，寒意侵人。此时此地，入耳的是洞庭湖边丛林中猿猴的哀嚎，入眼的是江上漂流的木兰舟。诗人泛舟在湘江之上，黄昏已尽，夜幕降临，一轮明月从广阔的洞庭湖上升起，深苍的山峦间夹泻着汩汩而下的乱流。看到此情此景，诗人不禁开始怀念起屈原《九歌》中的“云中君”，云神无由得见，屈子也邈矣难寻，诗人自然更是感慨丛生。

背景

唐宣宗大中（唐宣宗年号，847—859）初年，原在山西太原幕府掌书记的马戴，因直言被贬为龙阳（今湖南汉寿）尉。从北方来到江南，徘徊在洞庭湖畔和湘江之滨，触景生情，追慕前贤，感怀身世，写下《楚江怀古三首》。

名家点评

〔明〕杨慎：前联虽柳恽不是过也，晚唐有此，亦希声乎！严羽卿称戴诗为晚唐第一，信非溢美。(《升庵诗话》)

〔明〕胡应麟：晚唐“猿啼洞庭树，人在木兰舟”，宋人“雨砌堕危芳，风轩纳絮绵”，皆句格之近六朝。(《诗薮》)

孙光宪

孙光宪（900—968），字孟文，自号葆光子，陵州贵平（今四川仁寿东北）人。累官检校秘书少监，试御史中丞。归宋后，授黄州刺史。

孙词风格不同于“花间”的浮艳、绮靡，其词清丽疏朗，较少艳情脂粉之气。今有王国维辑《孙中丞词》一卷。

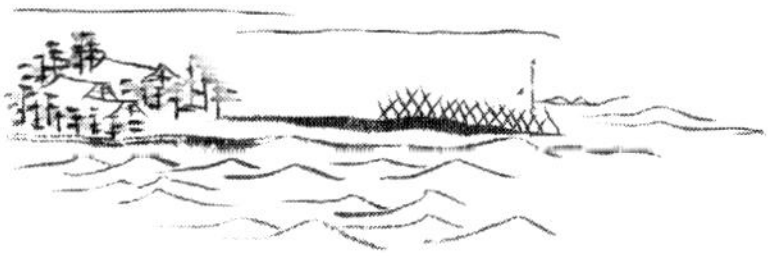

兰红波碧忆潇湘

浣溪沙·蓼岸风多橘柚香

五代·孙光宪

蓼岸风多橘柚香。江边一望楚天长。片帆烟际闪孤光。
目送征鸿飞杳杳，思随流水去茫茫。兰红波碧忆潇湘。

注释

蓼岸：指开满蓼花的江岩。

杳：指飞鸟飞远的情形。

潇湘：原指潇河湘河，传闻舜的两位妃子，一名娥皇一名女英，因舜久出不返，死于此地，因此常用来指代凄美的爱情。

简析

这首词是孙光宪写的思念、抒情作，全文无一个“思”字，却透过写景、画景，描写了离别时的思念之情。

“蓼岸风多橘柚香。江边一望楚天长”，在蓼花盛开的江岸上，橘树和柚树的香气弥漫，即使处在分别的时节，也一样让人心旷神怡，不觉间陶醉。从江水望去，地平线处天空辽阔幽远，瞬间又让人开始惆怅。

“片帆烟际闪孤光”，江水上只能看到一片孤帆，波光粼粼间，血红色的夕阳又映入眼帘，此景映衬着词人孤独的心境，以景衬情，以情衬景，进一步抒发了作者的心情。

“目送征鸿飞杳杳，思随流水去茫茫。”此句中点睛之笔为两处叠字，“杳杳”“茫茫”四字，将飞鸟、流水的场景刻画得有声有色，从字里行间流露出已然离别时对亲人友人的思念。“征鸿”即鸿雁，与“流水”二字对仗工整，也透露出即将远去的思念。

“兰红波碧忆潇湘”，“兰”指一种花，“波碧”指来年春天，“潇湘”指舜的两位妃子娥皇、女英，代指思绪。意为等到兰花再开，明年江水重绿的时候，我还会像上古贤帝舜思念他的两位妃子一样思念你。

名家点评

吴熊和：此词以伤离别为主旨，却一无直抒胸臆的笔墨，而将其依依惜别之意皆寄寓于景色描写中，犹如淡水着盐般了无痕迹。(《唐宋词精选》)

晏　殊

晏殊（991—1055），字同叔，抚州临川人。北宋著名文学家、政治家。晏殊能诗、善词，文章典丽，书法皆工，而以词最为突出，有“宰相词人”之称。他的词，风格含蓄婉丽，吸收了南唐“花间派”和冯延巳的典雅流丽词风，开创北宋婉约词风，被称为“北宋倚声家之初祖”。

槛菊愁烟兰泣露，罗幕轻寒，燕子双飞去

蝶恋花·槛菊愁烟兰泣露

宋·晏殊

槛菊愁烟兰泣露，罗幕轻寒，燕子双飞去。明月不谙离恨苦，斜光到晓穿朱户。

昨夜西风凋碧树，独上高楼，望尽天涯路。欲寄彩笺兼尺素，山长水阔知何处？

注释

槛：古建筑常于轩斋四面房基之上围以木栏，上承屋角，下临阶砌，谓之槛。

罗幕：丝罗的帷幕，富贵人家所用。

不谙：不了解，没有经验。谙：熟悉，精通。

朱户：古时富贵显赫的人家大门涂以朱红色，称为朱户或朱门。

彩笺：印有彩色图案的信笺。

尺素：一尺长的绢布，常用来书写，诗中代指书信。

简析

晏殊诗词多为伤情之作，然情深不滥，彰显出精巧雅致的情思，迂回婉转，动人心魄。所写《蝶恋花》一词，开篇以营造情境为主，在菊花蒙烟、兰花吐露中寄托了愁思与哀伤。“罗幕轻寒，燕子双飞去”，天气转冷，燕子从门庭飞走。虽身在朱门大户，但夜晚依旧漫长难熬，明月不解离人的孤独心境，月光一夜斜照门庭，显得更加清冷孤寂。清冷的景致下是离人哀伤的心绪，“昨夜西风凋碧树，独上高楼，望尽天涯路”，树叶零落，独身在高楼上远远相望，等待无尽无止。想要寄信问声短长，却不知已经漂泊何方。全诗辞藻秀丽，久留余味，伤怀中透露出旷远的意境来。

开篇“槛菊愁烟兰泣露”一句，写的是秋晓庭圃中的景物。清晨，栏杆外的菊花笼罩着一层轻烟薄雾，看上去似乎脉脉含愁；兰花上沾有露珠，看起来就像是在默默饮泣。兰和菊本就含有某种象喻色彩（象喻品格的幽洁），这里用“愁烟”和“泣露”，将它们拟人化，将主观感情移于客观景物，透露主人公自己的哀愁。

次句“罗幕轻寒，燕子双飞去”，写新秋清晨，罗幕之间荡漾着一缕轻寒，燕子双双穿过帘幕飞走了。这两种现象之间本不一定存在联系，但在充满哀愁、对节候特别敏感的主人公眼中，那燕子似乎是因为不耐罗幕轻寒而飞去。这里，与其说是写燕子的感觉，不如说是写帘幕中人的感受，不只是生理上感到初秋的轻寒，心理上也荡漾着因孤孑凄凄而引起的寒意。燕的双飞，更反托出人的孤独。

“明月不谙离恨苦，斜光到晓穿朱户”两句意境较深，明月本是无知的自然物，它不了解离恨之苦，而只顾光照朱户，原很自然；既如此，似乎不应怨恨它，但却偏要怨。这种仿佛是无理的埋怨，却有力地表现了主人公在离恨的煎熬中，对月彻夜无眠的情景和外界事物所引起的怅触。

“昨夜西风凋碧树，独上高楼，望尽天涯路”，说的是碧树因一夜西风而尽凋，足见西风之劲。我独自登上高楼，望尽那消失在天涯的道路。这里固然有凭高望远的苍茫之感，也有不见所思的空虚怅惘，但这所向空阔的境界却又给主人公一种精神上的满足，使其从狭小的帘幕庭院的忧伤愁闷转向对广远境界的骋望，这是从“望尽”一词中可以体味出来的。

“欲寄彩笺兼尺素，山长水阔知何处”，想给我的心上人寄一封信，可是高山连绵，碧水无尽，也不知道我的心上人现在何处。两句一纵一收，将主人公音书寄远的强烈愿望与音书无寄的可悲现实对照起来写，更加突出了“满目山河空念远”的悲慨。

背景

此诗为宋代著名“宰相词人”晏殊的作品，晏殊诗词以清丽婉约见长，抒发伤怀之情，此诗为其代表作之一，广为吟诵。

名家点评

王国维：古今之成大事业、大学问者，必经过三种之境界。

晏同叔之“昨夜西风凋碧树，独上高楼，望尽天涯路”，此第一境也。“衣带渐宽终不悔，为伊消得人憔悴”，此第二境也。“众里寻他千百度，回头蓦见，那人正在，灯火阑珊处”，此第三境也。此等语皆非大词人不能道。(《人间词话》)

念兰堂红烛，心长焰短，向人垂泪

撼庭秋

宋 · 晏殊

别来音信千里，恨此情难寄。碧纱秋月，梧桐夜雨，几回无寐。

楼高目断，天遥云黯，只堪憔悴。念兰堂红烛，心长焰短，向人垂泪。

注释

碧纱：绿纱编织的蚊帐。

天遥云黯：天空遥远，云彩暗淡。

兰堂：华美芳洁的厅堂。

心长焰短：烛芯虽长，烛焰却短。隐喻心有余而力不足。

向人垂泪：对人垂泪（蜡泪）。

简析

这首词描写的是与情人分别后，千里相隔，音信不通，难以排遣的思念之情。

词上片写秋天的深夜，碧纱窗下，听淅淅沥沥的雨打梧桐叶，让人想起了远在千里外的丈夫，音信全无，心生惆怅，夜不能寐。心中无限的相思，不是尺幅彩笺所能容纳得下的。

词的下片写愁人登高远望，唯见遥远的天边阴云暗淡，甚至连聊慰离愁的归鸿也没有，因此更为惆怅。“念兰堂红烛，心长焰短，向人垂泪”一结三句，是全词最精美之笔。那厅堂里燃着的红烛，空自心长焰短，替人流着一滴滴相思的苦泪。心长，也就是情长意长，思念悠长恨悠长；焰短，蜡烛火焰短小，暗示着主人公力不从心，希望渺茫。

这首词妙于淡雅闲适之外，透出一股深厚苍凉，反映了作者性情沉郁的一面。

背景

关于这首诗的创作缘由，有学者认为作者于宋仁宗皇祐二年（1050）秋以观文殿学士知永兴军，与远在汴京的亲朋分离，离情别绪自然难以排遣，于是创作了这首抒怀而“难寄”之作，其欲寄予之人可能是情人，亦有可能是借男女别离向朋友倾诉胸中愁怨。

名家点评

赵尊岳：此词以“恨此情难寄”为言，凡全词前后均由是阐发，描绘极其难寄之致，诚有绘水绘风之妙。起拍于“此情难寄”前，先述其难寄之由，则以别远思深引起之，虽只六字，已尽回环，抑且沉郁，晏词于小境界中辟大天地，其最擅长处，学者不可不于此求之。（《珠玉词选评》）

梅尧臣

梅尧臣（1002—1060），字圣俞，世称宛陵先生，宣州宣城（今安徽省宣城市）人。梅尧臣皇祐三年（1051）始得宋仁宗召试，赐同进士出身，为太常博士。以欧阳修荐，为国子监直讲，累迁尚书都官员外郎，故世称“梅直讲”“梅都官”。梅尧臣少即能诗，与苏舜钦齐名，时号“苏梅”，又与欧阳修并称“欧梅”。为诗主张写实，反对西昆体，所作力求平淡、含蓄，被誉为宋诗的“开山祖师”。

楚泽多兰人未辨，尽以清香为比拟

兰

宋・梅尧臣

楚泽多兰人未辨，尽以清香为比拟。
萧茅杜若亦莫分，唯取芳馨袭衣美。

注释

楚泽：南方的山水之间。
萧茅：蒿类植物。

简析

本首诗描写兰花香气独特，多数人首次见兰花，都是以闻其香而不见其形的形式。

开篇“楚泽多兰人未辨，尽以清香为比拟”一句，描写出楚地生长着许多兰花，但很少有人能够辨别出它的模样，从来都是诉说着兰花的香气迎人，却不知香气从何而来。“萧茅杜若亦莫分，唯取芳馨袭衣美”说的是，草地中混杂着萧艾与杜若，很难分辨出兰若，因为蒿比杜若高，遮掩着它。不过，兰花却能散发出独特的香气，沾染到人们的衣服上，不见其身却能沾染其香。

王安石

王安石（1021—1086），字介甫，号半山。北宋临川盐阜岭人（今属江西省抚州市）。封为舒国公，后又改封荆国公，世人又称“王荆公”。官至丞相，北宋新党领袖。

中国历史上杰出的政治家、思想家、文学家、改革家，唐宋八大家之一。王安石诗文言简意赅、条理分明，形成锋利峭拔的艺术风格。传世文集有《王临川集》《临川集拾遗》等存世。

幽兰有佳气，千载閟山阿

朱朝议移法云兰

宋・王安石

幽兰有佳气，千载閟山阿。
不出阿兰若，岂遭乾闼婆。

注释

佳气：清雅的气味。

千载：形容岁月长久。

閟：同“闭”，有幽静、掩蔽之意。

阿兰若：原意是寂静处或闲静处，稍离人间热闹处之地。

遭：遇见，碰到。

乾闼婆：神话人物。在印度神话中，原来是一群半神半人的天上乐师，是帝释天属下职司雅乐的天神。此神经常住在地上的宝山之中，有时升至忉利天演奏天乐，善于弹琴，演奏种种奇妙的雅乐。乾闼婆是东方持国天的眷属，为守护东方的神，有众多眷属。

简析

此诗前两句，意指兰花散发着清雅的香气，千百年里一直生长在幽僻之地。后两句写的是，若不走出阿兰若，也就是寂静、不为人知的地方，又怎么能够遇到乾闼婆呢？

贺兰溪上几株松，南北东西有几峰

勘会贺兰溪主

宋・王安石

贺兰溪上几株松，南北东西有几峰。
买得住来今几日，寻常谁与坐从容。

注释

堪会：同堪当，唐宋公文中的用词，含有议定、审核的意思。此处为戏谑之语。

谁与坐从容：“与谁从容坐”的倒文。从容，安逸舒缓。

简析

诗的前两句描写的是景物，陈绎的新居筑在贺兰溪畔，门前几株苍松傲然挺立。“溪”是山间的流水，“松”也不是一般的树木。“岁寒，然后知松柏之后凋也”，几株松象征着这位曾“不畏权贵”，“务摧豪党”的贺兰溪主高风亮节，坚贞不屈。弦外之音，值得细细品味。“南北东西有几峰”，说的是陈绎的居舍四面环山，群峰拱峙。

诗的后两句写的是人事活动，“买得住来今几日”，一句朴素恳切的询问，是对陈绎能在这个风景如画的秀丽山村中买得新居住下，表达欣喜与庆贺。“寻常谁与坐从容”，表现诗人对被贬革职、退居山林后的朋友的生活极为关切。他希望，陈绎能像唐代诗人于鹄那样，随遇而安，忘情物外。

背景

《王安石全集》在这诗题下注：“贺兰溪，洛京地名。陈绎买地筑居，于邮中问之。”陈绎，《宋史·陈绎传》说他“论事不丧权贵”，“为政务摧豪党”。可见王安石对他颇为敬重，后来因事被贬革职，于洛阳贺兰溪买地筑居，作者便作此诗寄给他以示问候。

名家点评

〔元〕蔡正孙：前辈作诗，有蹈袭而不以为嫌者，荆公此诗，全用唐皇甫冉《问李二司直》五言诗意。此体甚新，诗话中未有拈出者。(《诗林广记》)

陈衍：开诚斋先路。(《宋诗精华录》)

王　令

王令（1032—1059），北宋诗人。初字钟美，后改字逢原。原籍元城（今河北大名）。5岁丧父母，随其叔祖王乙居广陵（今江苏扬州）。长大后在天长、高邮等地以教学为生，有治国安民之志。王安石对其文章和为人皆甚推重。有《广陵先生文章》《十七史蒙求》。

晓折寒蔬野圃间，荒林深处有芳兰

蔬兰

宋 · 王令

晓折寒蔬野圃间，荒林深处有芳兰。
世无贤士纫为佩，犹有幽人日取餐。

注释

晓：拂晓、破晓。

寒蔬：寒天生长的蔬菜。

野圃：野外的园圃。

芳兰：兰花，常以喻君子。

幽人：山中隐士。

简析

诗前两句“晓折寒蔬野圃间，荒林深处有芳兰”，描写诗人在拂晓之时到野外的园圃里采摘蔬菜，看到了偏僻的荒林深处的兰花，指兰花不与群芳斗艳，安然地生长在山间。诗后两句“世无贤士纫为佩，犹有幽人日取餐”，说的是品性高洁的兰花犹如山中隐士，不会心甘情愿地沦为配饰。诗人借助兰这一意象，表明自己淡泊名利、安然自得的情怀。

苏　轼

苏轼（1037—1101），字子瞻，号东坡居士，眉州眉山（今属四川眉山）人，祖籍河北栾城，北宋文学家、书法家、画家。苏轼是北宋中期的文坛领袖，在诗、词、散文、书、画等方面取得了很高的成就。其诗题材广阔，清新豪健，善用夸张比喻，独具风格，与黄庭坚并称“苏黄”；其词开豪放一派，与辛弃疾同是豪放派代表，并称“苏辛”；其文纵横恣肆，气势雄放。

春兰如美人，不采羞自献

题杨次公春兰

宋·苏轼

春兰如美人，不采羞自献。
时闻风露香，蓬艾深不见。
丹青写真色，欲补离骚传。
对之如灵均，冠佩不敢燕。

注释

羞：害羞，不好意思。

蓬艾：泛指丛棘荒草。

丹青：丹和青是中国古代绘画常用的两种颜料，故以此代指绘画。

真色：真正的面貌，形容画得栩栩如生，十分逼真。

离骚：战国楚诗人屈原作的《楚辞》篇名，文中多次写到兰花。

灵均：即屈原。他名平，字原，又自云名正则，字灵均。

冠佩：把花戴在头上或佩在身上。

亵：轻慢，亵渎。

简析

兰花不同于其他的花，当然就不能以凡艳相待，而当以非凡之笔去描绘它。咏兰这首诗，着眼于审美对象与审美感受的特异之点，其他一概略去不写，实是别出心裁。本首诗为五言古诗，前四句写兰的幽远风姿，后四句写人对兰的爱慕之情。

诗句“春兰如美人，不采羞自献”是说，兰花娟秀美丽的风姿，着实令人喜爱，可更让世人动情的是兰花卓尔不群、与众不同的风韵。兰花并不以妩媚的花朵迎人，若无识者采撷，宁愿自守芳洁，是羞于自荐的。然而，“芝兰生于深谷，不以无人而不芳”。又说，虽然兰藏匿于深山幽谷，长在芃草之中，闻其香而不见其姿，却还是被诗人发现了。

后四句中“丹青写真色，欲补离骚传。对之如灵均，冠佩不敢燕”，说的是作者对兰花的爱慕也不同寻常。古代诗人屈原的《离骚》屡次写到兰，作者以丹青描绘兰花芳容，也就是刻画兰花特有的品行，来弥补《离骚》的不足。他也要像屈原一样，以兰为芳洁之友，郑重对待，丝毫不敢轻慢、亵渎。

背景

宋哲宗元祐五年，苏轼任龙图阁学士知杭州。这首诗作于同年，是作者欣赏杨次公的春兰图后的题画之作。

名家点评

〔清〕汪师韩：态浓意远，余味曲包，故得骚经之流韵。(《苏诗选评笺释》)

〔清〕纪昀：常意，而写来深远。(《纪评苏诗》)

〔清〕赵克宜：次联入微。(《角山楼苏诗评注汇钞》)

山下兰芽短浸溪，松间沙路净无泥

浣溪沙·游蕲水清泉寺

宋·苏轼

游蕲水清泉寺，寺临兰溪，溪水西流。

山下兰芽短浸溪，松间沙路净无泥，潇潇暮雨子规啼。
谁道人生无再少？门前流水尚能西。休将白发唱黄鸡。

注释

浣溪沙：词牌名。

蕲水：县名，今湖北浠水县。

清泉寺：寺名，在蕲水县城外。

短浸溪：指刚刚生出的兰芽浸润在溪水中。

潇潇：形容雨声。

子规：杜鹃鸟，相传为古代蜀帝杜宇之魂所化，亦称“杜宇”，鸣声凄厉，诗词中常借以抒写羁旅之思。

无再少：不能回到少年时代。

白发：老年。

唱黄鸡：感叹时光飞逝，人生难以长久。

简析

此词描写雨中的南方初春，表达作者虽处困境而老当益壮、自强不息的精神，洋溢着一种向上的人生态度。上阕写暮春三月兰溪幽雅的风光和环境，山脚下溪边的兰草露出嫩芽，浸泡在溪水中。松间的沙石小路经过春雨的冲刷，干净无泥。时值日暮，松林间的布谷鸟在潇潇细雨中鸣叫。下阕是作者即景取喻，表达有关人生感悟：谁说人老不会再回年少时光呢？你看看，那门前的流水尚且能向西奔流呢，所以不要在年老感叹时光流逝。

全诗即景抒慨，写景纯用白描，细致淡雅；抒慨昂扬振拔，富有哲理。在贬谪生活中，能一反感伤迟暮的低沉之调，唱出如此催人自强的歌曲，体现出作者旷达乐观的性格。

背景

这首词是1082年（宋神宗元丰五年）春三月作者游蕲水清

泉寺时所作，当时苏轼因为“乌台诗案”，被贬任黄州（今湖北黄冈）团练副使。

名家点评

〔宋〕曾敏行：徐公师川尝言：东坡长短句有云：“山下兰芽短浸溪，松间沙路净无泥。”白乐天诗云：“柳桥晴有絮，沙路润无泥。”“净”“润”两字，当有能辨之者。(《独醒杂志》卷二)

〔清〕陈廷焯：愈悲郁，愈豪放，愈忠厚，令我神往。(《白雨斋词话》)

尚想横汾，兰菊纷相半

点绛唇·庚午重九再用前韵

宋·苏轼

不用悲秋，今年身健还高宴。江村海甸，总作空花观。
尚想横汾，兰菊纷相半。楼船远，白云飞乱，空有年年雁。

注释

悲秋：悲叹秋天来临。

海甸：近海地区。

空花：即空华。虚幻之花，比喻妄念。

白云：此指白色的浪花。

简析

文人向来喜欢悲秋，而苏轼这首词，一开始就说："不用悲秋，今年身健还高宴。"可谓是一语惊人，这是针对杜甫《九日蓝田崔氏庄》中"老去悲秋强自宽"和"明年此会知谁健"而发的。杜甫作此诗时只有49岁，还不到叹老悲衰的年龄，但他处在安史之乱的动荡年代里，又因上疏救房琯，被目为房琯死党，贬为华州司功参军，对前途悲观，情绪低沉。苏轼同情杜甫的遭遇，但不同意他悲观失望的情绪。苏轼一生也不得志，但他的态度却是"一蓑烟雨任平生"，看待任何东西都像看待"空花"一样。

词的下片中，"横汾""兰菊"，事出汉武帝《秋风辞》，是汉武帝行幸河东，祠后土，顾视帝京欣然中流，与群臣饮宴，上欢甚，所作之辞。"尚想"二字，凸显出苏轼欣赏汉武帝那种具有冲破秋天的肃杀氛围而俯仰天地的气概，但汉武帝毕竟随着历史的长河而去了，留给后人的只有"白云飞乱，空有年年雁"。

这首词表现出苏轼对"悲秋"的不同看法，一反文人悲秋的传统，遭遇挫折时不悲观，得意时不沾沾自喜，时刻保持内心的平衡，走过人生的沟沟坎坎。在表现方法上，或翻用古诗，或引用古事，并用"尚想""空有"等字，化实为虚，还能融佛理于浅显明白的语言之中，值得称道。

背景

元祐五年（1090）重九日作，时在杭州任上。苏轼任杭州太守期间，结识了不少新朋友，其中一个叫苏坚，字伯固，泉州人，当时任临濮县主簿监杭州城商税。苏轼治理西湖，他出力很大。两人情谊甚笃，唱和颇多。元祐四年（1089）重九苏坚作有《点绛唇》词，苏轼和有《己巳重九和苏坚》，元祐五年又用元祐四年韵脚和了这首词。

名家点评

〔清〕张宗橚：苏公《点绛唇》重九词，“不用悲秋”二句，翻老杜诗“老去悲秋强自宽，明年此会知谁健”句也。换头使汉武横汾事，兼用李峤诗，亦能变化，其妙在“尚思”二字，“空有”二字，便是化实为虚。（《词林纪事》卷五引楼敬思语）

〔清〕陈廷焯：感慨系之。凄感中自有仙气。（《云韶集》卷二四）

吴衡照：楼敬思论苏公《点绛唇》重九词云：上半翻杜句，下半使汉武帝“横汾”事，兼李峤诗。妙在数虚字运掉，便化实为虚。此语最得用古之诀。（《莲子居词话》卷四）

明朝端午，待学纫兰为佩

殢人娇·或云赠朝云

宋·苏轼

白发苍颜，正是维摩境界。空方丈、散花何碍。朱唇箸点，更髻鬟生彩。这些个，千生万生只在。

好事心肠，著人情态。闲窗下、敛云凝黛。明朝端午，待学纫兰为佩。寻一首好诗，要书裙带。

注释

维摩境界：佛家清净无欲的境界。

箸点：用筷子点上一个圆点。

千生万生：千辈子，万辈子，永远。

敛云凝黛：收拢云鬓，凝聚眉头；形容严肃端庄的姿态。

简析

词的上片描写了词人和朝云二人的自然体态和清净的心态。词人被贬到惠州，已经年老容衰，而他的心境也进入了最高的境界，无欲无求。值得词人晚年欣慰的是，朝云随他南迁，依然年轻貌美，陪伴他过着贬谪生活。词人表明他爱朝云胜过教徒爱教，足够虔诚。

词的下片回忆往昔，希望朝云能够健康。曾记得，你那乐于助人，成全先生的事业，你那宽阔的胸怀，就表现在你的高洁的情感与媚人的仪态上。明朝端午，万人欢庆传统佳节。在众多的活动中，词人认为最有意义的是学古人而“佩兰”。词人嘱咐朝云“待学纫兰为佩”，以此让朝云表现出高洁的形象。朝云只觉东坡对自己太好，但许多的诗文是言有尽而意无穷，长久的心愿便是要求东坡“寻一首好诗，要书裙带”，作为终身的纪念。

背景

宋哲宗绍圣二年（1095）五月四日。是时，东坡在惠州贬所已是第二个年头了，在端午节来临之际，想到自己的侍妾朝云，于是作此词表示崇敬，希望她健康。

名家点评

林语堂：在这首词里，爱情升华达到宗教程度，更为明显，其中感情与宗教交织而为一。(《苏东坡传》)

轻汗微微透碧纨，明朝端午浴芳兰

浣溪沙·端午

宋·苏轼

轻汗微微透碧纨，明朝端午浴芳兰。流香涨腻满晴川。
彩线轻缠红玉臂，小符斜挂绿云鬟。佳人相见一千年。

注释

碧纨：绿色薄绸。

流香涨腻：指女子梳洗时，用剩下的香粉胭脂随水流入河中。

“小符”句：指妇女们在发髻上挂着祛邪驱鬼、保佑平安的符箓。

简析

全词是篇民俗诗，充满了浓郁的古老民俗气息，是研究端午民俗最形象而珍贵的资料。

词的上片，预示端午节日要开展浴兰活动，气氛很浓郁。端午正处于初夏时节，穿着自然华丽。天气稍热，易出轻汗，微微小汗湿透了绿色的细绢，明日端午节用芳兰草沐浴。流香酒般的浴水、油腻布满大晴的江面。

词的下片，写词人与朝云参加端午节的活动。词人重点描写了两项活动，其一是以五彩丝系臂，其二是小灵符挂在耳下的黑色发髻上。词人希望祈愿能够实现，与朝云天长地久，白头偕老。

背景

宋哲宗绍圣二年（1095）端午，此时东坡被贬惠州已是第二年了，在端午节这个团聚的日子里，想到自己的侍妾朝云，于是作此词送给她。

名家点评

曹树铭：此词末句“佳人相见一千年”，非朝云莫克当之，且正应端午故事。(《东坡词》)

苏辙

苏辙（1039—1112），字子由，一字同叔，晚号颍滨遗老，眉州眉山（今属四川）人，北宋文学家、宰相，“唐宋八大家”之一。苏辙与父亲苏洵、兄长苏轼齐名，合称“三苏”。其生平学问深受其父兄影响，以散文著称，擅长政论和史论，苏轼称其散文“汪洋澹泊，有一唱三叹之声，而其秀杰之气终不可没”。其诗力图追步苏轼，风格淳朴无华，文采稍逊。苏辙亦善书，其书法潇洒自如，工整有序。著有《栾城集》等行于世。

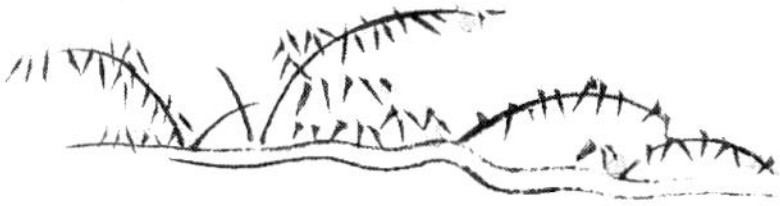

兰生幽谷无人识，客种东轩遗我香

种兰

宋 · 苏辙

兰生幽谷无人识，客种东轩遗我香。
知有清芬能解秽，更怜细叶巧凌霜。
根便密石秋芳早，丛倚修筠午荫凉。
欲遣蘼芜共堂下，眼前常见楚词章。

注释

东轩：指住房向阳的廊檐。

遗：给予；馈赠。

秽：肮脏，丑恶。

凌霜：抵抗霜寒。常用以比喻人品格高洁，坚贞不屈。

修筠：修竹，长竹。筠，竹子的青皮，借指竹子。

遣：派，送。

蘼芜：川芎的苗，叶有香，一种香草。

简析

诗前四句说的是，兰花生在偏远的山谷，很少有人见到，一位客人在东轩种了一些并赠送给作者。兰花的香气不仅沁人心脾，能够解除内心的繁秽，更让作者怜爱的是，那看似纤细的叶子，却能够抵御风霜。四句诗写出了兰花的生长环境和习性，也传递出作者对兰花柔而不弱的品行的赞赏。

诗后四句说的是，那些兰花扎根在密石边上，秋天早早地开了花，一丛丛地叶子靠着修竹，中午能得荫凉。作者想弄来一些香草跟兰花种在一起，这样就能经常领略楚辞诗句中的情怀和意境了。

谷深不见兰生处，追逐微风偶得之

答琳长老寄幽兰

宋·苏辙

谷深不见兰生处，追逐微风偶得之。
解脱清香本无染，更因一嗅识真知。

注释

解脱：释放。

无染：比喻性本洁净，无沾污垢。

识真知：识别真相。

简析

本诗从兰生长在隐蔽的环境中着笔，写到深深幽谷看不到兰长在什么地方，偶尔随着微风吹拂，嗅着花香才能寻见一二。后两句写的是兰的芳香，即兰花释放出来的香味是清新淡雅的，不沾染任何的杂质，也在赞誉兰花的高洁。倘若想知道那到底是不是兰花，嗅一下便能够知晓答案。就如李日华所写“鼻端触著成消受，着意寻香又不香”。

李清照

李清照（1084—1155），号易安居士，齐州济南（今山东济南）人。宋代女词人，婉约词派的重要代表人物。李清照工诗善文，尤擅长词。她论词强调协律，崇尚典雅，提出词“别是一家”之说，反对以作诗文之法作词。其词前期多写其闺中悠闲生活，后期多悲叹身世，情调感伤。形式上善用白描手法，语言清丽。李清照的词在群花争艳的宋代词苑中，独树一帜，自名一家，人称“易安体”。

轻解罗裳，独上兰舟

一剪梅·红藕香残玉簟秋

宋·李清照

红藕香残玉簟秋。轻解罗裳，独上兰舟。云中谁寄锦书来，雁字回时，月满西楼。

花自飘零水自流。一种相思，两处闲愁。此情无计可消除，才下眉头，却上心头。

注释

红藕：指夏日红艳的荷花。

玉簟：簟为竹席，诗中为凉席的美称。

锦书：代指书信。

雁字：大雁飞行常以一字或人字排开，诗中代指大雁。

简析

这首词描述了相思的几个场景，场景转换之间，相思之愁层层加深，最后涌上心头，情、景的交融毫不矫饰造作，凝结出浑然天成的美感。“红藕香残玉簟秋”，荷花凋谢，竹席微凉，开篇即有秋日的气氛。诗人提着裙摆，在小舟上漫无目的地游荡。想念远方的丈夫，不知是否有家信正在路上。大雁飞过，书信到来的时候，月光洒满了词人居住的小楼，思念悠远绵长。“花自飘零水自流”，秋日花朵衰败，溪水静静流淌。词人与丈夫的相思分隔两地，造就了“两处闲愁”。相思之情难以消解，“才下眉头，却上心头”描绘出一幅形象逼真的仕女画卷，端庄的仕女静坐在窗边，思念着远方的良人，眉间微蹙，传递出无限愁思和怅惘。

背景

此词为宋代著名词人李清照所作，李清照为中国历史上最负盛名的女词人，与其丈夫赵明诚都是文学大家。二人感情甚笃，此词作于李清照与丈夫分别之后，寄托了对离人缠绵深切的思念之情。

名家点评

〔明〕王世贞：李易安“此情无计可消除，才下眉头，却上

心头。”可谓憔悴支离矣。(《弇州山人词评》)

〔明〕李廷机：此词颇尽离别之情，语意超逸，令人醒目。(《草堂诗馀评林》)

〔明〕陈廷焯：起七字秀绝，真不食人间烟火者。(《云韶集》)

〔明〕杨慎：批《草堂诗余》卷三；离情欲泪。读此始知高则诚，关汉卿诸人，又是效颦。

看彩衣争献，兰羞玉酎

长寿乐·南昌生日

宋·李清照

微寒应候，望日边，六叶阶蓂初秀。爱景欲挂扶桑，漏残银箭，杓回摇斗。庆高闳此际，掌上一颗明珠剖。有令容淑质，归逢佳偶。到如今，昼锦满堂贵胄。

荣耀，文步紫禁，一一金章绿绶。更值棠棣连阴，虎符熊轼，夹河分守。况青云咫尺，朝暮重入承明后。看彩衣争献，兰羞玉酎。祝千龄，借指松椿比寿。

题解

这是一首祝贺某贵妇生日的寿词，文字充满阿谀逢迎，而寿主却不是很知名，所以有说不似李清照笔墨，但也有集子收在李清照之名下。本书作存疑问。

注释

应候：应和节令。

爰景，扶桑：传说中太阳升起的地方的大树。

漏残：漏壶中的水将要滴尽。

高闳：高门，显赫的门庭。

剖：出生。

归：出嫁。

棠棣：指兄弟。

青云：指高位。

兰羞玉酎：指香美的食品。

松椿：古人认为最长寿的两种树。

简析

本词是一首祝寿词，词人始终对寿星的家庭荣耀进行夸赞，字里行间透露出作者对寿星主人充满了敬意，特别表示了对寿星有两个好儿子很是羡慕。

词的上半阕主要是写寿星本人，并用白描手法直接来讲述寿星本人及其家庭。其中“六叶阶蓂初秀”表明了寿星是在初六那日出生。接着说她从小生活在一个有良好教育的家庭，在家里被视为掌上明珠。再接着又赞美寿星长得美而贤惠，嫁了一个难得的好丈夫。到如今，儿孙满堂，且都是锦衣还乡的高官显宦。

词的下半阕采用大量的用典手法重点来写寿星的两个儿子，如“棠棣连阴”“虎符熊轼”“夹河分守”“青云咫尺”。不管是哪个母亲听了别人这样赞自己的儿子肯定都会心花怒放。

背景

因本诗作者存疑问，所以作者的归属是不是李清照，创作背景自然也有所区别。本诗如果不是李清照的作品，那么应该是作者为某位当时社会的上层人物、封号为“南昌夫人”的贵妇的生日贺词，仅从字面上推测应该是贵妇的亲属所写。但如果是李清照所作，著名学者陈祖美在《李清照诗词文选评》中分析此篇写作手法老练纯熟，当为李清照南渡后定居临安时的作品，并且认为正是李清照晚年的失意，特别是李清照无嗣，所以特别羡慕“南昌夫人”有两个好儿子。

名家点评

王学初：此首原题撰人为易安夫人，宋人未见有以此呼清照者，未知有误否?《翰墨大全》有延安夫人、易少夫人，俱仅一字之异。(《李清照集校注》卷一)

黄墨谷：此词仅见《截江网》,《全宋词》载之，风格、笔调均不类清照其他慢词，兹不录。(《重辑李清照集·漱玉词》卷三)

岳　飞

岳飞（1103—1142），字鹏举，宋相州汤阴县（今河南汤阴县）人，抗金名将。历任清远军节度使、开府仪同三司、少保、枢密副使等职。宋高宗绍兴十二年（1142）被秦桧以莫须有罪名杀害。《全宋词》收其词三首。代表词作《满江红·写怀》，是千古传诵的爱国名篇。

驾长车，踏破贺兰山缺

满江红·写怀

宋·岳飞

怒发冲冠，凭栏处、潇潇雨歇。抬望眼、仰天长啸，壮怀激烈。三十功名尘与土，八千里路云和月。莫等闲、白了少年头，空悲切。

靖康耻，犹未雪。臣子恨，何时灭。驾长车，踏破贺兰山缺。壮志饥餐胡虏肉，笑谈渴饮匈奴血。待从头、收拾旧山河，朝天阙。

注释

怒发冲冠：指情绪激动，头发竖起，将帽子顶起。

凭栏：倚靠栏杆。

潇潇：形容雨势急骤。

等闲：轻易，随便。

靖康耻：指宋钦宗靖康二年（1127），金兵攻陷汴京，掳走徽、钦二帝。

贺兰山：贺兰山脉位于宁夏回族自治区与内蒙古自治区交界处。

朝天阙：朝见皇帝。天阙：本指宫殿前的楼观，此指皇帝生活的地方。

简析

“怒发冲冠，凭栏处、潇潇雨歇”，词人站在栏杆处向北远眺，雨势转小，看到北方大宋的国土在金人的铁蹄下，悲愤之情强烈而深重。“抬望眼、仰天长啸，壮怀激烈”，对着青天仰天长啸，内心的愤懑和收复故土的决心响彻天际。作者回首往事，诗人此时刚三十余岁，半生的马背征战获得了显赫功名，但却如尘土一般不值一哂。八千里路收复故国的历程，艰辛坎坷，只有云和月日日相伴，以解作者寂寞。虽然此时尚有捷报传来，但收复河山的路程还远远未到结束之时，一定要加倍努力，莫到年老时悔恨悲切！上阕以悲愤起首，以悲切作结，展现出深沉激昂的爱国之情。

下阕运转笔端，抒写词人对于民族敌人的深仇大恨，统一祖国的殷切希望，忠于朝廷即忠于祖国的赤诚之心。由于没有雪“靖康”之耻，作者发出了心中的恨何时才能消除的感慨。这也是他要“驾长车，踏破贺兰山缺”的原因。从“驾长车”到“笑谈渴饮匈奴血”都以夸张的手法表达了对凶残敌人的愤恨之情，同时表现了作者英勇无畏的乐观精神。“待从头、收拾旧山河，朝天阙。”以此收尾，既表达了要胜利的信心，也展现了作者对朝廷和皇帝的忠诚。“收拾旧山河”，显得有诗意又形象。

背景

这首词作于岳飞北上收复襄阳之后，岳飞刚刚取得战争胜利，北方的大好河山就在眼前，内心涌起了对往日国耻的激愤，以及收复失地的决心，因而写下这篇慷慨壮语，抒发出强烈的爱国情怀。

名家点评

〔清〕沈雄：《满江红》忠愤可见，其不欲等闲白了少年头，可以明其心事。(《古今词话》)

〔清〕刘体仁：词有与古诗同义者，“潇潇雨歇”，易水之歌也。(《七颂堂词绎》)

〔清〕丁绍仪：至寓议论于协律宫，尤觉激昂慷慨，读之色舞。(《听秋声馆词话》)

〔清〕陈廷焯：何等气概，何等志向，千载下读之，凛凛有生气焉。“莫等闲”二语，当为千古箴铭。(《云韶集》)

万俟咏

万俟咏（“万俟”是复姓，读作Mòqí），生卒年均不详，北宋末南宋初词人。字雅言，自号词隐、大梁词隐。据王灼《碧鸡漫志》卷二记载：“元祐时诗赋老手。”但屡试不第，于是绝意仕进，纵情歌酒。自号“大梁词隐”。善工音律，能自度新声。词学柳永，存词27首。

门外垂杨岸侧，画桥谁系兰舟

木兰花慢·恨莺花渐老

宋·万俟咏

恨莺花渐老，但芳草、绿汀洲。纵岫壁千寻，榆钱万叠，难买春留。梅花向来始别，又匆匆、结子满枝头。门外垂杨岸侧，画桥谁系兰舟？

悠悠。岁月如流。叹水覆、杳难收。凭画阑，往往抬头举眼，都是春愁。东风晚来更恶，怕飞红、拍絮入书楼。双燕归来问我，怎生不上帘钩？

注释

结子满枝头：相传杜牧游湖州时看中一少女，与其母约定十年之内来娶。过十四年，杜牧为湖州刺史，访该女，她则已出嫁并生有两子。杜牧怅然为诗曰："自是寻春去校迟，不须惆怅怨芳时。狂风落尽深红色，绿叶成阴子满枝！"

简析

上片从惜春写起。开头三句，写春事阑珊。接着三句，以夸张的手法，感叹没有办法留住春天。其中，借"榆钱"而拈出"难买"。"梅花"二句，以梅花寄恨，惜春之情更浓。"结子满枝头"化用典故，借以透出他伤春的个中因素。最后二句，进一步揭示，那垂杨岸边曾是他与情人幽会的地方，此时风景依旧，但柳下无人系舟，再也看不到她了。

过片四句，连用两个比喻，感叹岁月如流水，往事不可追。"凭画栏"三句，写词人想凭栏眺望，以疏解愁绪，但触目的都是引发春愁的景物。"东风"两句写词人转头不看触目伤心的残春景色，但落花和柳絮还是被东风卷入了书楼。结尾两句以拟人和问句的形式，将成双的燕子与主人公的孤单加以对比，刻画主人公痛苦于无法回避外物引发的春愁。

背景

此词托为惜春，实际上抒写万俟咏与一位恋人诀别的情事，其事已不可考。

陆 游

陆游（1125—1210），字务观，号放翁，越州山阴（今浙江绍兴）人。历任福州宁德县主簿、隆兴府通判等职。由于力主抗金，遭到守旧派排挤。中年后入蜀，任蜀帅范成大参议，晚年后闲居山阴老家，临终仍惦念国家统一。

陆游一生著述丰富，有九千余首诗词传世，辑为《剑南诗稿》，另有文集《渭南文集》《老学庵笔记》等。

香来知有兰，遽求乃弗获

兰

唐·陆游

南岩路最近，饭时已散策。
香来知有兰，遽求乃弗获。
生世本幽谷，岂愿为世娱。
无心托阶庭，当门任君锄。

注释

南岩：南山，指会稽山。

散策：扶杖散步。

遽求：急求。

弗获：不得。

“岂愿”句：哪里愿意讨好世俗。

当门：犹挡路，阻碍通行。

简析

本诗前半首叙事，后半首抒情。

前半首“南岩路最近，饭时已散策。香来知有兰，遽求乃弗获”，指的是作者在吃完饭后，到离家最近的南岩散步，无意中闻到了兰花的芳香，知道附近有兰花，就急切地想去寻觅，无奈却没有找到。

后半首“生世本幽谷，岂愿为世娱。无心托阶庭，当门任君锄”，是作者没有找到兰花后发出的感叹：兰花本来就生在幽远僻静的山谷，孤标傲世，怎么可能为世人亵玩！此句借兰花的高洁品质，暗喻了自己不属于尘世。最后一句，说兰花无心生于俗人的庭院之中，被人当作普通的闲花野草锄掉，表现出兰花的孤傲高洁、不媚俗。

背景

这首诗先叙求兰弗获的经过，后议论弗获的原因，以拟人写法，突出了兰的本心和品格，表现了自己不事权贵、洁身自好、坚守自我的品格。

朱 熹

朱熹（1130—1200），字元晦，号晦庵，晚号晦翁，别称紫阳。徽州婺源（今属江西）人，后迁至建阳（今属福建）。南宋著名理学家、思想家、哲学家、教育家和文学家，世称朱子，是孔孟之后杰出的儒学大师。曾任秘阁修撰、焕章阁待制等职。卒谥“文”，称朱文公。代表作品有《四书章句集注》《伊洛渊源录》《名臣言行录》《资治通鉴纲目》《楚辞集注》等。

可能不作凉风计，护得幽兰得晚清

兰

宋・朱熹

漫种秋兰四五茎，疏帘底事太关情。
可能不作凉风计，护得幽兰到晚清。

注释

漫：轻慢，随意，不重视。

疏帘：指稀疏的竹织窗帘。

底事：何事。

关情：倾注自己的关怀和感情。

计：打算。

晚清：岁末。

简析

本诗用简单生动的笔调，描绘出作者对兰花的喜爱，以及护花的情怀。

前两句写道，作者随意在庭院里种了四五株兰花，为了让它们不受到伤害，他倾注了自己的感情，编织了竹帘一样的栏杆。第三句写道，也许不是替秋凉之后打算，所以竹帘编织得很稀。但最后一句又做了转折，表明自己的态度：我会尽力保护你们一直到岁末，都发出幽幽的芳香。

光风浮碧涧，兰枯日猗猗

兰涧

宋·朱熹

光风浮碧涧，兰杜日猗猗。
竟岁无人采，含薰只自知。

注释

光风：雨止日出时的和风。《楚辞·招魂》：“光风转蕙，氾崇兰些。”

猗猗：柔美貌；美好貌。

竟岁：指终岁，整年。

简析

本诗体裁形式为五言绝句，全诗共四句，前半首写景，后半首叹兰。前半部分，作者以看到雨止日出时，微风吹拂在山涧，兰花和杜若一天比一天长得繁茂美丽。接着，后半部分作者开始转折，感叹这么好的花开在幽谷山涧中，一整年都无人采拾，那芬芳和美丽只有它自己知晓，映射出兰花“芝兰生于深谷，不以无人而不芳”的品格。

辛弃疾

辛弃疾（1140—1207），字幼安，号稼轩，历城（今山东济南）人。南宋豪放派词人，与苏轼合称“苏辛”，与李清照并称“济南二安”。其词题材广泛，艺术风格多样，以豪放为主，风格沉雄豪迈又不乏细腻柔媚之处。有词集《稼轩长短句》等传世。

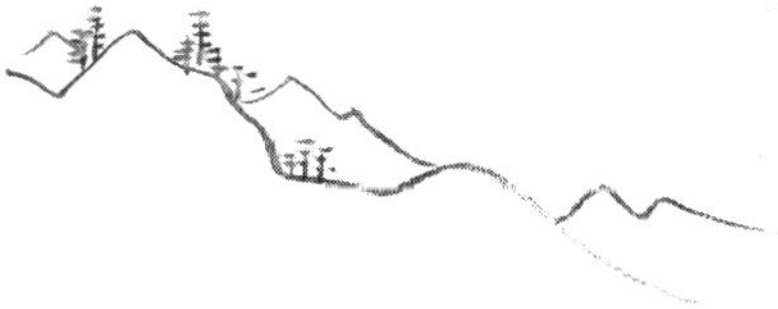

且挂空斋作琴伴，未须携去斩楼兰

送剑与傅岩叟

南宋·辛弃疾

镆邪三尺照人寒，试与挑灯仔细看。
且挂空斋作琴伴，未须携去斩楼兰。

注释

傅岩叟：傅为栋，字岩叟，江西铅山人，曾为鄂州州学讲师，与稼轩来往甚密。

镆邪：莫邪，古代宝剑名，后以此作名剑代称。

简析

这首诗是南宋文学家辛弃疾的诗作，全诗抒发了英雄无用武之地的感慨。诗人挑灯看剑，雄心振起，感叹这么好的宝剑，如今只能权且空挂书斋与琴为伴，边敌正猖獗，我却无法带着它前往边关杀敌。剑无所用，实指作者才无所施、能无所发，未能够在战场上杀敌击贼。本诗虽仅四句，但抒发的感情却是激烈慷慨，充满一股悲愤之气。

背景

辛弃疾自南归以来，念念不忘的是收复失地，以成一个完整的南北统一的太平世界。但腐朽的南宋王朝却在与金人的长期对垒中日渐丧失了自己的优势，诗人也在这无限期的闲置中虚度了自己的青春岁月，所有这一切，铸成诗人这一首表达自己痛心疾首、极度遗憾之情的诗篇。

名家点评

张高评：稼轩咏物诗又或妙脱蹊径，以指见月；或寓物言理，藉象得意，诗思不犯正位处，有宋人之创造思维存焉。(《稼轩新论》)

九畹芳菲兰佩好

蝶恋花·月下醉书雨岩石浪

南宋·辛弃疾

九畹芳菲兰佩好。空谷无人，自怨蛾眉巧。宝瑟泠泠千古调，朱丝弦断知音少。

冉冉年华吾自老。水满汀洲，何处寻芳草？唤起湘累歌未了，石龙舞罢松风晓。

注释

“自怨”句：《离骚》：“众女嫉余之娥眉兮，谣诼谓余以善淫。”

“朱丝”句：杜甫《寄岳州贾司马六丈，巴州严八使君两阁老五十》：“贝锦无停织，朱丝有断弦。”

“冉冉”句：《离骚》：“老冉冉其将至兮，恐修名之不立。”

湘累：扬雄《反离骚》：“钦吊楚之湘累。”注：“诸不以罪死曰累。屈原赴湘死，故曰湘累。”

简析

这首词的主题抒发的是作者不得志与少知音的苦闷情绪，词人并未直接说出自己的心事，而是用比兴的手法，以香草美人自喻，委婉曲折地表达出满腹的悲愤。

词的上阕，描写词人多年来备受打击、缺少知音的苦闷和压抑。词人用兰佩芳菲、蛾眉空好、宝瑟弦断这三个极富象征意义的词，来表明自己的所思所感：用来作为佩饰是多么美好！可空谷无人，叫我埋怨娥眉再巧谁个来瞧？琴瑟清脆奏出千古绝调，即便弹断朱红的丝弦，知音依旧稀少。意思是说，自己虽有高尚的品质和过人的才干，却遭受南宋朝廷当权的主和派的嫉妒和排挤，长期投闲置散，无用武之地，而且知音寥寥，无人理解自己。

词的下阕，进一步深化词人的惆怅情怀，他感叹自己虚度此生，不能再在政治上有所作为：年华悄然流逝，我已经衰老。汀洲涨满了江水，该到何处寻觅芳草？我只能将屈原大夫唤醒，在石龙前边歌边。阵阵松风里，不知不觉天已破晓。词的最末一句以景结情，更加浓了全篇的幽婉沉郁的气氛。

背景

这首词是辛弃疾晚年的作品，约写于公元1203年。此时，辛弃疾正遭受诬陷、被弹劾落职后，心情处于极度苦闷的时期。生活上的孤独感和政治上的失意感，促使他纵情山水，以开释愁怀。然而，独游山水的幽寂使他感觉更加孤独，独游山水的空虚唤起了失意的忧郁。

柳　永

柳永，宋代词人。字耆卿，原名三变，字景庄，崇安（今属福建）人。景祐元年（1034）进士。官至屯田员外郎。排行第七，世称柳七或柳屯田。词风婉约，词作甚丰，是北宋第一个专力写词的词人。创作慢词独多，发展了铺叙手法，在词史上产生了较大的影响，特别是对北宋慢词的兴盛和发展有重要作用。词作流传极广，有“凡有井水饮处，皆能歌柳词”之说。生平亦有诗作，惜传世不多。有《乐章集》。

都门帐饮无绪，留恋处，兰舟催发

雨霖铃

北宋 · 柳永

寒蝉凄切。对长亭晚，骤雨初歇。都门帐饮无绪，留恋处、兰舟催发。执手相看泪眼，竟无语凝噎。念去去、千里烟波，暮霭沉沉楚天阔。

多情自古伤离别。更那堪、冷落清秋节。今宵酒醒何处，杨柳岸、晓风残月。此去经年，应是良辰、好景虚设。便纵有、千种风情，更与何人说。

注释

凄切：凄凉急促。

都门：国都之门。这里代指北宋的首都汴京（今河南开封）。

帐饮：在郊外设帐饯行。

去去：重复“去”字，表示行程遥远。

经年：年复一年。

简析

这首词是柳词和婉约词的代表作，也是抒写别情的千古名篇。

词上片细腻地刻画了情人离别的场景。前三句点明离别的地点和节序，秋后的蝉叫得是那样的凄凉而急促，面对着长亭，正是傍晚时分，一阵急雨刚停住。他的恋人在都门外长亭摆下酒席为他送别，然而面对美酒佳肴，词人毫无兴致，正在依依不舍的时候，船上的人已催着出发。这里描绘出离别的紧迫，词人接下来又道出自己当时的心情：握着手互相瞧着，满眼泪花，直到最后也无言相对，千言万语都噎在喉间说不出来。想到这回去南方，这一程又一程，千里迢迢，一片烟波，那夜雾沉沉的楚地天空竟是一望无边。

词的下片，不再描绘离别的场景，转而先做泛论：人生自古伤离别。意谓伤离惜别，并不自我始，自古皆然。接着又说“更那堪、冷落清秋节”，极言时当冷落凄凉的秋季，离情更甚于常时。“今宵”三句蝉联上句而来，是全篇之警策，词人想象今宵旅途中的况味：一舟临岸，词人酒醒梦回，只见习习晓风吹拂萧萧疏柳，一弯残月高挂杨柳梢头，整个画面充满了凄清的气氛。“此去经年”四句耐人寻味：这一去长年相别，相爱的人不在一起，我料想即使遇到好天气、好风景，也如同虚设。即使有满腹的情意，又能和谁一同欣赏呢？可见钟情之殷，离愁之深。以问句作结，更留有无穷意味。

背景

柳永因作词忤仁宗，遂“失意无俚，流连坊曲”，为歌伶乐伎撰写曲子词。此词当为柳永从汴京南下时与一位恋人的惜别之作。

名家点评

〔明〕李攀龙：“千里烟波”，惜别之情已骋；“千种风情”，相期之愿又赊。真所谓善传神者。(《草堂诗余隽》)

〔明〕贺裳：柳屯田“今宵酒醒何处？杨柳岸，晓风残月”，自是古今俊句。(《皱水轩词筌》)

一叶兰舟，便恁急桨凌波去

采莲令

北宋·柳永

月华收，云淡霜天曙。西征客、此时情苦。翠娥执手，送临歧轧轧开朱户。千娇面、盈盈伫立，无言有泪，断肠争忍回顾。

一叶兰舟，便恁急桨凌波去。贪行色、岂知离绪，万般方寸，但饮恨、脉脉同谁语？更回首、重城不见，寒江天外，隐隐两三烟树。

注释

月华收：指月亮落下，天气将晓。

西征客：西去的旅人。

临歧：歧路分别。

轧轧：象声词，开门声。

更回首：再次回头。

重城：内城与外城。古代城墙多为两层，内为城，外为郭。

简析

这是一首文笔清新的宋词，该词描写一对恋人的离别之情。

词上片写相送：秋天的早晨，云淡月落，地上结霜，曙光已现。即将西行的征人，此时的心情最为凄苦。这里是环境的铺设，衬托出游子惨淡的离情。“翠娥”两句，写的是美丽的情人紧紧地牵着我的手，一直送我到分别的岔路口。离家时推开那扇朱红的大门，吱吱呀呀的开门声，仿佛在替人叹息。“千娇面”句，意思是说：此时此刻，我那千娇百媚的心上人，多姿的身影伫立在岸边，无语泪先流。词人肝肠寸断，怎么忍心再回头看她一眼呢?

词下片写别后，词人乘上一叶扁舟，船夫连忙划桨驾着江波远去。就这样，来不及回头多看一眼，船儿就急匆匆地随波而去了。船越快，词人的遗憾之情越浓烈，只恨那船夫只知道贪图行速，却不知词人千般离愁，万般别恨，正从心底涌起呢！等词人再回头时，恋人和泊舟都已经不见了，就连刚离开的都城也已不见了，只能隐隐约约见到三两棵绿树，孤独地挺立在水天相接的地方，让词人的心境更加迷茫。

这首送别词，既表现了送行者的无限依恋，也抒写了行人的感怀。把送别和别后相思的情景，层层铺开，深刻细致地写出了人物的感受。

名家点评

唐圭璋：此首，初点月收天曙之景色，次言客心临别之凄楚。“翠娥”以下，皆送行人之情态。执手劳劳，开户轧轧，无言有泪，记事既生动，写情亦逼真。“断肠”一句，写尽两面依依之情。换头，写别后舟行之速。“万般”两句，写别后心中之恨。“更回首”三句，以远景作收，笔力千钧。上片之末言回顾，谓人。此则谓舟行已远，不独人不见，即城亦不见，但见烟树隐隐而已。一顾再顾，总见步步留恋之深。屈子云：“过夏首而西浮兮，顾龙门而不见。”此词收处仿佛似之。(《唐宋词简释》)

仇 远

仇远（1247—1326），字仁近，一字仁父，钱塘（今浙江杭州）人。因居余杭溪上之仇山，自号山村、山村民，人称山村先生。元代文学家、书法家。元大德年间58岁的他任溧阳儒学教授，不久罢归，遂在忧郁中游山河以终。

旧时长见挥毫处，修竹幽兰取次分

题赵松雪竹石幽兰

元·仇远

旧时长见挥毫处，修竹幽兰取次分。
欲把一竿苕水上，鸥波千顷看秋云。

注释

赵松雪：元代著名画家赵孟頫，别号松雪道人。

旧时：过去的时候。

挥毫：谓书写或绘画。

修竹：茂密高大的树林竹林。

苕水：即苕溪，在今浙江湖州境内。

鸥波：意思是鸥鸟生活的水面，比喻悠闲自在的退隐生活。

简析

全诗体裁形式为七言绝句。前两句“旧时长见挥毫处，修竹幽兰取次分”意指，旧时总看见赵松雪笔下的修竹幽兰层次分明，描写赵松雪绘画功底深远。后两句“欲把一竿苕水上，鸥波千顷看秋云”，形容其笔下的气势好像把持乘船用的竹竿漂浮在苕溪上，悠闲淡雅坐看秋云山水。

背景

本首诗是题赵松雪竹石幽兰而作。

张 炎

张炎（1248—约1320），南宋最后一位著名词人，字叔夏，号玉田，又号乐笑翁。临安（今浙江杭州）人，祖籍秦州成纪（今甘肃天水）。1276年元兵攻破临安，南宋亡，张炎祖父张濡被元人磔杀，家财被抄没。此后，家道中落，贫难自给，曾北游燕赵谋官，失意南归，长期寓居临安，落魄而终。著有《山中白云词》，存词302首。

暗教愁损兰成，可怜夜夜关情

清平乐·候蛩凄断

宋·张炎

候蛩凄断。人语西风岸。月落沙平江似练。望尽芦花无雁。

暗教愁损兰成，可怜夜夜关情。只有一枝梧叶，不知多少秋声。

注释

蛩：音穷，蟋蟀。

练：素白未染之熟绢。

愁损：愁杀。

兰成：北周庾信的小字。

简析

上片“候蛩”四句写出秋意：蟋蟀、西风、秋月、秋江、芦花，一幅萧杀、清冷的“秋晓图”。从中，透出一股悲愤忧愁。

下片“暗教”四句，道出无限“秋愁”：“兰成”，南朝梁时诗人庾信的小字，后其被北方政权所俘。“梧叶”，梧桐之叶，其最易引发秋感。白居易曾在《长恨歌》中把“秋雨梧桐”作为人世中最易引起愁情悲感的事来写。而南宋词人温庭筠又有“梧桐树，三更雨，不道离情正苦。一叶叶，一声声，空阶滴到明”(《更漏子》)，更为梧叶增添丰厚的感情积淀。而作者言梧叶而写“一枝”，正是更加形象地表现出孤苦与潦落，刻画人物情景入木三分。下片短短几句，却把上片所写之景统统升华、提炼成了情语，借庾信之事道出人间道不尽的悲欢离合，借梧叶之孤义表达人世的沧桑。而最后一句“梧叶秋声”又极具概括性和艺术性，又成为盖世佳句。

背景

此词原是张炎赠给他的学生陆行直的。当时，张炎年53岁。

名家点评

〔清〕陈廷焯：玉田工于造句，每令人拍案叫绝，如《清平乐》“只有一枝梧叶，不知多少秋声”，此类皆“精警无匹”。(见《白雨斋词话》卷二)

张 翥

张翥（1287—1368），元代诗人。字仲举，晋宁（今山西临汾）人。少年时四处游荡，后随著名文人李存读书，十分勤奋。其父调官杭州，又有机会随仇远学习，因此诗文都写得出色，渐有名气。张翥有一段时间隐居扬州，至正初年（1341）被征召为国子助教。后来升至翰林学士承旨。今存《蜕庵诗集》，4卷，词2卷。

鶗鴂声中花片飞，楚兰遗思独依依

题兰

元·张翥

鶗鴂声中花片飞，楚兰遗思独依依。
春风先自悲芳草，惆怅王孙又不归。

注释

鶗鴂：鸟名，暮春时节啼叫的鸟，叫声很悲切，即杜鹃。

楚兰：香草名。因盛产于楚地，屈原《楚辞》中又多所歌咏，故称。

遗思：犹怀念。

依依：随风摇摆的样子。

先自：本以，本已。

王孙：贵族子弟。

简析

全诗体裁形式为七言诗，是一首借春兰抒情的诗。

前两句“鶗鴂声中花片飞，楚兰遗思独依依”，写的是暮春时节，杜鹃发出悲切的鸣叫，原本盛开的花也渐渐落了，花瓣满天飞。唯有兰花还在随风摇摆，对春的逝去依依不舍。

后两句中“春风先自悲芳草，惆怅王孙又不归”，面对春花残的景象，本就已经很难过了，又想起古人（贤士良臣）一去不复返，心情便更加惆怅。

倪瓒

倪瓒（1301—1374），字元镇，号云林子，江苏无锡人，元代著名诗人、书画家，“元四家”之一。诗作多为题赠抒怀之作，风格清丽淡雅，画作以水墨山水著称，意境幽远。代表画作有《水竹居图》《江岸望山图》《松林亭子图》，诗文有《自书诗稿》《静寄轩诗文》等。

秋风兰蕙化为茅，南国凄凉气已消

题郑所南画兰

元 · 倪瓒

秋风兰蕙化为茅，南国凄凉气已消。
只有所南心不改，泪泉和墨写离骚。

注释

郑所南：南宋遗民，著名画家，其画多表现对故国怀念之情，以及坚贞的民族气节。

茅：茅草。

南国：泛指长江以南的地区。

气已消：万物生气已经消失不见，比喻遗民的复国之志已经没有了。

所南心不改：郑所南的复国之心一直没有改变。

泪泉：泪水。

简析

诗的前两句写景，描写的是在秋风的摧残下，香草兰蕙已经变成了茅草，随风胡乱地飘摇。秋天的江南一片凄凉，生气已经消尽。后两句写人，只有郑所南的复国之心一直没有改变，他用泪水和着墨汁画出的香草，就像当年的爱国诗人屈原一样，借香草以喻志，写下了千百年传诵不衰的《离骚》。

背景

本诗是为南宋爱国画家郑所南画的墨兰题写的诗。诗中赞扬了郑所南的民族气节，寄寓了作者的爱国情操。这首诗运用象征、寓意、对比、比喻等手法，抒发了诗人爱国之情。

刘 基

刘基（1311—1375），字伯温，处州青田县南田乡（今属浙江温州市文成县）人，故称刘青田，元末明初军事家、政治家、文学家，明朝开国元勋。精通天文、兵法、数理等，尤以诗文见长。诗文古朴雄放，不乏抨击统治者腐朽、同情民间疾苦之作。著作均收入《诚意伯文集》。

幽兰花，为谁好，露冷风清香自老

题兰花图

明 · 刘基

幽兰花，在空山，美人爱之不可见，裂素写之明窗间。

幽兰花，何菲菲，世方被佩薋菉葹，我欲纫之充佩祎，罠罠独立众所非。幽兰花，为谁好，露冷风清香自老。

注释

裂素：指绘画作文的白绢。明 · 谢榛《四溟诗话》卷四："竹林馀裂素，可复写谁真。"

菲菲：花草盛多貌，香气盛，形容花的美艳。

世方被佩薋菉葹：名－副－被动－动－名－动的体裁形式，意指取兰花的叶子佩戴。世：既然，已经。

佩韦：韦，熟皮。因其性柔韧，性情急躁的人佩在身上，用以自戒。

罠罠：形容细长柔软的东西随风摆动。

简析

第一句“幽兰花，在空山，美人爱之不可见，裂素写之明窗间”，赞美兰花美眷生于深山，只能提笔敷绢画其形而不得其身，形容兰花孤美傲立，不可轻易企及。第二句中以“何菲菲”开头，诉说兰花纫叶柔长不可轻易佩戴，其端庄貌非同类之有。最后一句以“幽兰花，为谁好，露冷风清香自老”，指兰花在无人知晓的地方，面对冷露寒风，仍旧散发着清香，一直守候孤独，直到凋谢。整首诗赞美了兰花超凡脱俗、耐得住寂寞的美好品性。

名家点评

〔明〕沈德潜：元代诗都尚辞华，文成独标高格，时欲追韩杜，故超然独胜，允为一代之冠。(《明诗别裁》)

〔清〕张廷玉：所为文章，气昌而奇，与宋濂并为一代之宗。(《明史》)

〔清〕纪昀：其诗沉郁顿挫，自成一家，足与高启相抗。(《四库全书总目提要》)

叶子奇

叶子奇（约1327—1390年前后在世），元末明初大学者。字世杰，一名琦，号静斋。浙江龙泉人，尝师王毅，明“理一分殊”之论旨，悟圣贤之学以静为主，故号“静斋”。自幼专业于学，凡天文、历史、博物、哲学、医学、音律，无不涉猎，且多有造诣。其哲学观主张唯物，所著《草木子》有“北人不梦象，南人不梦驼”之说，阐明精神与物质的关系。

大谷空无人，芝兰花自香

塘上闻兰香

明·叶子奇

大谷空无人，芝兰花自香。
寻根竟不见，芳草如人长。

注释

芝兰：芷和兰，皆香草。芝，通“芷”。

长：长度，高度。

简析

全诗体裁形式为五言绝句。前两句描绘的是，兰花生在空无一人的大山谷，纵然无人赏识，也独自盛开，散发着芬芳。后两句写的是，想要寻找兰花的根是很难的，它那长花叶长得如人一般高，看不到其根茎错综交错的样子。

陈献章

陈献章（1428—1500），明代思想家、教育家、书法家、诗人，字公甫，号石斋，别号碧玉老人、玉台居士、江门渔父、南海樵夫、黄云老人等，因曾在白沙村居住，人称白沙先生，世称为陈白沙。景泰二年会试落第后拜江西吴与弼为师，半年而归，居白沙里，筑阳春台，读书静坐，十年间不出户终于悟道。成化二年复游太学入京至国子监，祭酒邢让惊为真儒复出，成化十九年授翰林检讨，乞终养归，著作后被汇编为《白沙子全集》。

阴崖百草枯，兰蕙多生意

题画兰

明 · 陈献章

阴崖百草枯，兰蕙多生意。
君子居险夷，仍与恒人异。

注释

生意：富有生命力的气象，生机。

险夷：险恶之地。

恒人：常人，普通人。

简析

本首诗共四句，体裁形式为五言绝句。诗中前两句描写兰花的生长环境，普通的花草在山崖幽壑等地根本无法生存，而兰花却在这里独自盛开，散发着芬芳。后两句描写的是君子慎独之作风，赞誉君子如兰花，就算身处在险恶的、不好的环境中，也不会像常人一样随波逐流，而是克己复礼、明善诚身。

背景

陈献章是明朝著名的诗人，留存各种体裁的诗作1977首。他的诗颇具格调，诗作雅健平易，他常用诗来教育弟子和传播自己的学术思想。他的思想都寓藏在诗里面，将那些抽象的道理用诗来表达，从而以诗为教。

名家点评

〔清〕黄宗羲：概括陈白沙的理学思想面貌时称，“先生之学，以虚为基本，以静为门户，以四方上下、往古来今穿纽凑合为匡郭。以日用常行分殊为功用，以勿忘勿助之间为体认之则，以未尝致力而应用不遗为实得。”(《明儒学案》)

文徵明

文徵明（1470—1559），原名壁（或作璧），字徵明，明代杰出画家、书法家、文学家。42岁起，以字行，更字徵仲。因先世衡山人，故号“衡山居士”，世称“文衡山”，汉族，长州（今江苏苏州）人。因官至翰林待诏，私谥贞献先生，故称“文待诏”“文贞献”。他不事权贵，尤不肯为藩王、中官作画，任官不久便辞官归乡。留有《甫田集》。

不须甲煎添金鸭，风泛崇兰满几香

题兰

明·文徵明

炎夏悠悠白昼长，空斋睡起扶匡床。
不须甲煎添金鸭，风泛崇兰满几香。

注释

空斋：空荡荡的房屋。

匡床：亦作“筐床”，安稳的床。

甲煎：香名，又甲香。

金鸭：古时金属制成的鸭形香炉。

崇兰：从兰。

简析

全诗体裁形式为七言诗。前两句“炎夏悠悠白昼长，空斋睡起扶匡床”，描写的是夏日炎炎，昼长夜短，作者在空荡荡的房间里睡醒后，扶床坐起。后两句“不须甲煎添金鸭，风泛崇兰满几香”，写的是作者所居住的地方，无须在香炉里添香，一阵清风徐来，就会飘来兰花的清香，几乎占满了整个房间，形容夏日兰花清香四溢。

文 嘉

文嘉（1501—1583），字休承，号文水，明湖广衡山人，系籍长州（今江苏苏州）。文徵明仲子。吴门派代表画家。初为乌程训导，后为和州学正。能诗，工书，小楷清劲，亦善行书。精于鉴别古书画，工石刻，为明一代之冠。画得徵明一体，善画山水，笔法清脆，颇近倪瓒，着色山水具幽澹之致，间仿王蒙皴染，亦颇秀润，兼作花卉。

奕奕幽兰傍砌栽，紫茎绿叶向春开

兰花

明·文嘉

奕奕幽兰傍砌栽，紫茎绿叶向春开。
晚晴庭院微风发，忽送清香度竹来。

注释

奕奕：华美的样子。
砌：台阶。
度竹：经过竹林。

简析

全诗体裁形式为七言诗，描写庭前兰花吐露芬芳的景致。

“奕奕幽兰傍砌栽，紫茎绿叶向春开”，描写美丽的兰花被栽种台阶两旁，其紫色的叶蔓逐渐变绿象征着春暖花开的繁盛时节。“晚晴庭院微风发，忽送清香度竹来”，写的是到了薄暮西山之时，晴空微风，在风的吹动下，兰花的清香经过竹林飘散过来，淡雅怡人。

李日华

李日华（1565—1635），字君实，号竹懒，又号九疑，浙江嘉兴人。性淡泊，与人无忤，工书画，精善鉴赏，世称博物君子。时王维俭与董其昌齐名，而日华亚之。李日华著作宏富，有《致堂集》四十卷，《明史艺文志》及《官制备考》《姓氏谱纂》《携李丛谈书画》《想像录》《紫桃轩杂缀》《竹懒画胜》《六研斋笔记》《恬致堂诗话》等书，均《四库总目》并行于世。擅画山水，墨竹，用笔金贵，格调高雅。

懊恨幽兰强主张，花开不与我商量

兰花二首（其二）

明·李日华

懊恨幽兰强主张，花开不与我商量。
鼻端触著成消受，着意寻香又不香。

注释

懊恨：因过错而自恨。

强：倔强，固执。

主张：作主。

消受：忍受。

简析

李日华爱画兰竹，因其最泼得出，最可练笔力、笔法。兰竹之题材，古人多为之。元明两代，画兰竹者特多，但成功者究属少数，李日华可算画兰竹大家之一。本诗的前两句，写作者懊恼兰花自作主张开了花，没有和自己商量，实则是懊恨自己疏忽大意，错过了兰花开花的时间。本诗后两句，写兰花的独特性，在离它很远的地方都能够闻到花香，可若真的把鼻子贴近它去闻，却又寻不到那种芳香了。

江南四月雨晴时，兰吐幽香竹弄姿

兰竹

明·李日华

江南四月雨晴时，兰吐幽香竹弄姿。
蝴蝶不来黄鸟睡，小窗风卷落花丝。

注释

竹弄姿：竹迎风摆动，恍如摆手弄姿，取悦于人。

风卷：大风将某物卷起。

落花丝：被风吹落的花蕊。

简析

全诗体裁形式为七言绝句，全诗共四句，主要描写江南四月天以及庭院兰竹葳蕤貌。

前两句描写的是，江南四月雨过天晴后的景致，兰花幽香四溢，竹子迎风摆动。后两句写的是，借莺蝶处于倦怠之时，微风隔窗吹落蕊的景象。

陈维崧

陈维崧（1625—1682），字其年，号迦陵，江苏宜兴人。明末清初词坛第一人，阳羡词派领袖。康熙十八年（1679），举博学鸿词科，授官翰林院检讨。以诗和骈文著称，亦工诗。其诗风华典赡，也有激昂悲慨之情。

飘得卖花声到了，春兰

南乡子·咏春兰

清·陈维崧

三月玉街寒，锦雨丝丝不肯干。飘得卖花声到了，春兰。一种清芬胜麝檀。
对此忆家山，手折红苕不忍看。还记那年寒食后，幽欢。人在花香鬓影间。

注释

玉街：街道美称。

锦雨：有彩色花纹的丝织品。

麝檀：麝香，檀香。

苕：古书上指凌霄花。

寒食：清明前一天或者两天，禁火冷食。

简析

本首词是词牌名为南乡子的唐教坊曲，是以咏江南风物为主的一首词。

上阕“三月玉街寒，锦雨丝丝不肯干。飘得卖花声到了，春兰。一种清芬胜麝檀”，描写出三月江南阴雨过后的街道未曾干却，空气里透着些许的清冷，空中飘来卖兰花的声音和兰花的幽香，其芬芳胜过檀木麝香。下阕中作者身处花香鬓影间，手持凌霄花回忆往事，想起自己的家乡以及曾一人幽过寒食节的情景，传递出作者回忆曾经那段似水年华的感受。

汪士慎

汪士慎（1686—1759），清代著名画家，书法家。字近人，号巢林、溪东外史等，汉族，安徽休宁人，寓居扬州。工分隶，善画梅，神腴气清，墨淡趣足。暮年一目失明，仍能为人作书画，自刻一印云："尚留一目看梅花"，后来，双目俱瞽，但仍挥写，署款"心观"二字。有《巢林集》。

与罗聘、李方膺、李鱓、金农、黄慎、高翔和郑燮并称"扬州八怪"。

幽谷出幽兰，秋来花畹畹

兰

清·汪士慎

幽谷出幽兰，秋来花畹畹。
与我共幽期，空山欲归远。

注释

畹畹：婀娜多姿。

幽期：隐秘或幽雅的约会。

简析

正所谓："万般写景皆抒情。"全诗共四句，前半首写景，后半首抒情。

前两句"幽谷出幽兰，秋来花畹畹"，指的是兰花生在寂静空寥的山谷间，秋天来了，兰花畹畹，婀娜多姿，描绘出了秋季里兰花的风姿。后两句"与我共幽期，空山欲归远"，用拟人的手法，将兰花比喻成一个美好的女子，作者愿与之相约，而"她"欲想还休，飘荡进山的深处。此句用兰花象征女子，赞誉了兰花的清雅秀丽与一尘不染。

金 农

金农（1687—1763），清代书画家，“扬州八怪”之首。字寿门、司农、吉金，号冬心先生、稽留山民、曲江外史、昔耶居士、寿道士等，钱塘（今浙江杭州）人，布衣终身。书法创扁笔书体，兼有楷、隶体势，时称“漆书”。53岁后才工画。其画造型奇古，善用淡墨干笔作花卉小品，尤工画梅。代表作有《东萼吐华图》《空捍如洒图》《腊梅初绽图》《玉蝶清标图》《铁轩疏花图》《菩萨妙相图》《琼姿俟赏图》等。著有《冬心诗集》《冬心随笔》《冬心杂著》等。

雨过深林笔研凉，女兰开处却无郎

题汪六处士兰竹

清·金农

雨过深林笔研凉，女兰开处却无郎。
柔笺骈穗多纤态，不数金陵马四娘。

注释

汪六处士：汪士慎，清著名画家。

笔研：同笔砚。

柔笺：轻柔小幅而华贵的纸张。

骈穗：双穗。

不数：不亚于。

马四娘：明著名女画家马守真，一名守贞，善画兰。

简析

全诗体裁形式为七言诗。“雨过深林笔研凉，女兰开处却无郎”，描写雨过深林笔砚寒凉，将兰花比喻成仙女，花开生艳却无郎君爱惜。暗喻兰花深幽恬静，却难得人赏识。“柔笺骈穗多纤态，不数金陵马四娘”，描写出柔弱的纸张上叶蔓上绽开两朵花，婀娜多姿，绰约微达，凸显画者技艺的精妙绝伦。

背景

作者题汪士慎兰竹所作。

郑板桥

郑板桥（1693—1765），清代官吏、书画家、文学家。名燮，字克柔，汉族，江苏兴化人。一生主要客居扬州，以卖画为生。“扬州八怪”之一。其诗、书、画均旷世独立，世称“三绝”，擅画兰、竹、石、松、菊等，其中画竹已50余年，成就最为突出。著有《板桥全集》。

春兰未了夏兰开，万事催人莫要呆

盆兰

清·郑板桥

春兰未了夏兰开，万事催人莫要呆。
阅尽荣枯是盆盎，几回拔去几回栽。

注释

呆：同“待”，等待，延迟。

盆盎：指花盆；盎，古代一种腹大口小的容器。

简析

全诗体裁形式为七言绝句，描写画中兰花在春夏季节交替生长，移兰种植的一首诗。

前两句“春兰未了夏兰开，万事催人莫要呆”，描写春兰刚刚开完，夏兰又继续盛开，呈现出一幅生机勃勃的景象，也催促着人们像兰花一样，时刻保持旺盛的生命力，不要萎靡不振，也不要凡事都推脱延迟。

后两句“阅尽荣枯是盆盎，几回拔去几回栽”，说的是兰花在花盆里活了又死，死了又活，栽来栽去，让人在阅尽枯荣的同时，也欣赏了它的美丽，以及顽强的生命力。

严元照

严元照（1773—1817），字元能（一作修能），一字久能（一作九能），号悔庵，又号蕙櫋，浙江归安（今湖州）人。生于清高宗乾隆三十八年，卒于仁宗嘉庆二十二年，年四十五岁。著有《尔雅匡名》八卷，《悔菴文钞》八卷，《诗钞》《娱亲雅言》《尔雅匡名》《清史列传》及《柯家山馆词》二卷，并行于世。

一峰清峭，独伴幽兰笑

清平乐·题兰石小幅

清·严元照

一峰清峭，独伴幽兰笑。又被采毫收拾了，却是几时寻到。
空山谁是知音，风前自结同心。一自江皋佩解，相思直到而今。

注释

采毫：彩笔。采同“彩”。

江皋：江边高地。

佩：系在衣袋上的饰物。

简析

这是一首词牌名为清平乐的词，描写的是题兰石花。

上阕主要写景，有一处山峰陡峭清寒，空谷幽兰的旖旎身姿恰好与其作伴。画者用彩色颜料将此景致描绘出来，何时才能够在现实中寻觅到呢？作者通过彩色的墨兰图中，兰花与峭壁相伴，不禁想到兰花的真实面貌。

下阕是抒情，作者指出兰花独雅高洁，高山流水难遇知音。“一自江皋佩解，相思直到而今”，道出兰花曾经被屈原所佩戴，之后一直被后人引用，流传千古。

何绍基

何绍基（1799—1873），晚清诗人、画家、书法家。字子贞，号东洲，别号东洲居士，晚号蝯叟。湖南道州（今道县）人。道光十六年进士。咸丰初简四川学政，曾典福建等乡试。历主山东泺源、长沙城南书院。通经史，精小学、金石碑版。据《大戴记》考证《礼经》。书法初学颜真卿，又融汉魏而自成一家，尤长草书。有《惜道味斋经说》《东洲草堂诗·文钞》《说文段注驳正》等著。

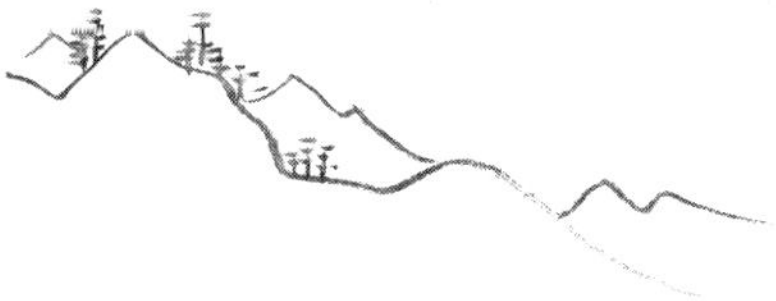

幽兰生性无常格，非叶非花古籀书

画兰

清·何绍基

幽兰生性无常格，非叶非花古籀书。
颇欲出奇钱郑外，尽情挥洒看何如？

注释

古籀：书体之一，即大篆。籀书，即籀文。

钱郑：指元初钱选与宋末郑思肖，皆著名画家。

简析

全诗体裁形式为七言绝句。“幽兰生性无常格，非叶非花古籀书”，开篇道出幽兰生性不同寻常，在籀文中既不是草也不是花。“颇欲出奇钱郑外，尽情挥洒看何如”，我想要画得出奇超过元初钱选与宋末郑思肖两大知名画家，尽情挥洒我的情怀与志趣，你觉得如何？这一反问句，透露出作者想要将自己的画功提升、超越古人的决心与抱负。